CONTES ET LÉGENDES

Jean-Claude et Agnès ROGLIANO

CONTES ET LÉGENDES

ÉDITIONS
CLÉMENTINE

De toute la masse de sa montagne, la Corse écrase l'homme, déteint sur lui, l'absorbe. Elle déchaîne jusqu'au fond de ses rêves des entités qu'il finit par rendre tangibles...

Sur cette île, le mythe est si près du réel que l'homme s'y égare, peut-être plus qu'ailleurs. Et c'est le pollen de ses peurs, de ses joies, de ses croyances, de son humour, de ses révoltes qui en fertilise les légendes.

J.-C.R

Sommaire

LA BISCIA

Sur la neige et la boue remuées comme après une terrible lutte, mêlées à des lambeaux d'étoffe noire, se détachaient des traînées rouges que les flocons finissaient de recouvrir. Les habitants de Palasca n'avaient pas entendu sonner laudes. Inquiets, ils s'étaient dirigés vers le presbytère de Santa Maria Assunta. La veille, les cloches avaient sonné les vêpres comme à l'ordinaire et ce n'était pas dans les habitudes de leur curé d'oublier de donner un écho aux prières à travers les résonances du carillon. Arrivés près de l'église, muets de stupeur, ils avaient découvert le drame.

À elle seule, aucune bête ne possédait assez de sauvagerie ni de force pour avoir fait cela. On avait alors pensé aux bandes de porcs errants : un enfant les faisait détaler en claquant des mains, mais ils pouvaient dévorer un homme cloué au sol. Le vieux prêtre avait dû glisser sur la neige et, blessé, n'avait dû pouvoir se relever.

Sur son cheval gris, le curé des Iles d'Or arrivait pour célébrer la messe de deuil. Une cérémonie funèbre sans défunt ni sépulture car, durant tout le jour qu'avaient duré les recherches, seuls avaient pu être rassemblés les lambeaux de la soutane maculée de sang.

Le cheval approchait du marais de Cannuta près duquel il fallait passer.

Le ciel était si bas qu'il avait effacé la colline où se dressait la tour des seigneurs de ces lieux. Ce qui du paysage restait visible scintillait de givre, mais le marais, lui, refusait de se soumettre à l'hiver. C'était une étendue opaque sur laquelle les brouillards crépusculaires finissaient de s'étioler, travestissant ces eaux mortes en un bouillonnement de vapeurs livides. Nulle vie n'apparaissait aux alentours. Pas même les stalactites ne fleurissaient aux abords des rives : la chaleur du marécage allait jusqu'à empêcher l'éclosion de ces mille chandelles de glaces qui illuminent les rochers des rivières. Ceux du marais n'étaient recouverts que d'une mousse verdâtre qui s'étendait sournoisement comme une lèpre sur le sentier, jusque sous les sabots du cheval, comme pour happer monture et cavalier et les entraîner dans les eaux sombres.

Un frisson parcourut l'échine du prêtre : il lui semblait que les vapeurs se muaient en des formes humaines qui lui faisaient signe. L'angoisse qui l'avait envahi à l'approche du marais nouait de plus en plus sa gorge. Il donna un coup de talon au cheval pour quitter au plus vite cet endroit. Mais, à mesure qu'il s'éloignait, la bise qui malmenait les aulnes, lui parvenait traversée de soupirs et de murmures. Il ralentit son allure, se retourna et tendit l'oreille. Il lui semblait entendre des chuchotements, des paroles confuses et des pleurs. Sans vraiment s'en rendre compte, il avait tiré sur la bride, comme pour retourner sur ses pas. Ce furent les signes d'affolement du cheval, si docile d'ordinaire, qui le firent se ressaisir : la bise n'apportait plus que les odeurs fétides du marécage, il faisait froid, il traversait un paysage inhospitalier ; c'était à Palasca qu'il devait se rendre et non s'attarder en ce lieu. La perspective du vin chaud que ne manqueraient pas de lui offrir les villageois acheva de le convaincre de ne plus prêter garde aux plaintes du vent.

Bientôt, le clocher de Santa Maria apparut.

Bien que la neige se fût arrêtée, les rues étaient désertes. C'était le jour le plus court de l'année et déjà, avec l'aide d'un ciel fuligineux, les premières ombres s'étendaient sur les toits.

Avant d'aller faire sonner les cloches pour annoncer l'office, le prêtre se dirigea vers la maison de Battistu, le *capurale*[1] du village. Assunta, sa femme, s'empressa de lui ouvrir.

- Mon père !, s'exclama-t-elle, avec une expression de grand soulagement, vous êtes bien arrivé...

- Il ne fallait pas vous inquiéter ! lui répondit le prêtre un peu surpris de son air angoisse, nous avons connu de plus rudes hivers.

1. *Capurale* : titre donné à celui qui était le chef de la communauté villageoise.

Priseria, la mère d'Assunta, était assise sur le banc à haut dossier, en face du *fucone*[2]. Ses grands yeux sans vie paraissaient regarder au-delà de la pièce. D'un vert translucide, contrastant avec ce visage fané, on eût dit que leur fixité avait donné une immuable jeunesse à son regard. Dotée d'une mémoire étonnante, on disait que la vieille aveugle connaissait l'histoire du village et de chacun de ses habitants depuis qu'y avait été bâtie la première maison. Le prêtre s'approcha d'elle et prit ses mains dans les siennes. Puis il se retourna vers Assunta :

- Y aurait-il quelque épidémie ? Les rues sont vides... Je n'ai même pas eu à esquiver une boule de neige !

- Une épidémie ! Si encore ce n'était que ça...

Battistu venait d'apparaître dans l'encadrement de la porte. Il s'approcha pour saluer le prêtre.

L'homme laissa passer un moment, comme si ce qu'il allait dire était trop terrifiant ou trop incroyable :

- Vous veniez dire une messe pour notre curé ? Eh bien vous en aurez d'autres à dire : le lendemain, le bedeau a subi le même sort. Enfin, Ghjuliu et son frère étaient partis en forêt couper du bois. Ce qu'on a retrouvé d'eux, près du marais, c'est un bât, des bouts d'habits tachés de sang et les grelots de leur mule.

2. *Fucone* : foyer central utilisé pour se chauffer, faire la cuisine et sécher les châtaignes entassées sur une claie, au-dessus de la salle commune.

- Mon père, ajouta Assunta, on ne sait ce qui se passe ici, mais nous avons peur. La mort est une bête cachée sous la neige. La première messe que vous aurez à dire sera pour ceux qu'elle a pris, mais il en faudra d'autres pour nous protéger !

Le prêtre écoutait Battistu et Assunta, atterré, incrédule. L'homme et la femme le regardaient, avec l'air d'implorer un secours que seul pouvait apporter un serviteur de Dieu. Il se taisait car, leur avouer qu'il se sentait aussi désarmé qu'eux n'aurait fait qu'accroître leur désarroi.

À l'appel du glas, tous les villageois s'étaient retrouvés dans l'église. Ils avaient gagné leurs bancs sans parler. Les traits tendus et les yeux hagards ne témoignaient pas seulement de la douleur d'avoir perdu quatre des leurs...

La nuit était tombée. Revêtu de la chasuble noire, l'officiant se confondait avec l'ombre. Outre le chandelier posé sur un coin de l'autel, la nef était seulement éclairée par les cierges qu'on allume pour les enterrements. Mais le catafalque était vide et c'est ce qui rendait terrifiant cet office funèbre qu'on eût pu croire célébré autant pour ceux que la mort venait d'emporter que pour ceux qu'elle guettait peut-être déjà.

Le prêtre venait tout juste de commencer son homélie par quelques mots de réconfort lorsqu'un hurlement interrompit ses paroles. Les hommes, restés debout au fond de l'église, ouvrirent promptement la porte et se précipitèrent au-dehors. À quelques pas de là, ils distinguèrent les marques ensanglantées qu'ils connaissaient maintenant. Ils n'osaient s'approcher davantage, ne sachant si le danger était encore présent. Quelques instants s'écoulèrent, mais rien d'autre que les sifflements de la bise ne se faisait entendre. Alors ils s'avancèrent : ils sauraient à présent reconnaître les traces de la bête puisque, cette fois, la neige n'avait pas eu le temps de les recouvrir. Mais au lieu des empreintes de pattes griffues, au-delà de la neige rougie, s'ouvrait un large sillon qui se perdait dans la nuit.

Alors que les villageois se comptaient pour savoir lequel d'entre eux, cette fois, allait manquer, une longue plainte s'éleva. C'était Palma, une jeune fille d'une quinzaine d'années qui tremblait, secouée de sanglots :

- Divota, parvint-elle à articuler, elle devait me rejoindre à l'église...

Les hommes avançaient lentement, scrutant la nuit, dans un silence que grignotaient le grésillement des torches et le crissement feutré de leurs pas sur la neige.

Ils suivaient ce sillon d'où se dégageait une odeur pestilentielle et qui ne ressemblait aux traces qu'aurait laissées aucune créature connue : bien qu'orientées toujours dans la même direction. Son parcours était sinueux, laissant par endroits des marques plus larges et plus appuyées, comme si la bête progressait par élans successifs dans une reptation à laquelle aucun obstacle n'aurait semblé infranchissable.

Ils arrivèrent ainsi au marais. Les traces s'arrêtaient au bord des eaux noires que nul frémissement ne ridait.

Aucun bruit ne sourdait de ces lieux sinon, par moments, traversant les brumes errantes, si légers, si fugitifs, qu'on doutait de les avoir entendus, ces soupirs, ces plaintes, ces voix que chacun reconnaissait.

Alors s'éleva un cri formidable : un colosse s'était avancé vers l'eau. C'était Oraziu, le bûcheron dont la fille venait d'être emportée. Même enfoncé dans la vase jusqu'aux genoux, il dépassait d'une tête ses compagnons. Agitant sa cognée en direction du marécage, il hurlait sa rage désespérée :

- Je t'attends... Montre ta face puante ! Même si c'est pour m'emporter en Enfer ! Fais voir quelle bête tu es...

Les autres avaient reculé, guettant sur le marais le moindre remous qui aurait précédé une sinistre apparition. Mais la surface de l'eau demeurait lisse et noire.

Seul le prêtre était resté sur le bord. Il s'approcha d'0raziu et, avec douceur, lui prit le bras :

- Elle ne viendra pas.

Docilement, le bûcheron se laissa entraîner.

- Elle ne viendra pas, répéta-t-il quand ils eurent rejoint les autres, et je sais même ce qui la fait sortir de son repaire.

Les hommes s'étaient resserrés autour de lui, attentifs.

- Quand elle a emporté votre curé, poursuivit-il, c'était bien après vêpres ? Quand le bedeau a disparu, il venait de sonner laudes. Tout près d'ici, là où Ghjuliu et son frère ont disparu, on a trouvé les grelots de leur mule. Enfin, il n'y a pas une heure, le glas...

Il n'en dit pas plus car tout le monde avait compris...

Dans la maison de Battistu où ils s'étaient réunis, les hommes entouraient le prêtre et le *capurale*.

Ils étaient restés longtemps silencieux, anéantis par ce nouveau malheur et par la certitude qu'il ne serait pas le dernier.

Oraziu finit par prendre la parole :

- Demain, il faudra retourner au marais. Avec le jour, ce sera plus facile. Nous sonderons la vase, pied à pied, et la bête, nous finirons par la débusquer. Après, on lâchera les chiens. Nous avons les meilleures meutes de la *pieve*[3]. S'ils s'attaquent à elle comme aux sangliers, avec leur aide nous en viendrons peut-être à bout et...

- Ce ne sont que des chiens, l'interrompit le prêtre, et toi, aussi fort que tu sois, tu n'es qu'un homme. Contre la créature du marais, leurs crocs et tes haches seraient bien dérisoires.

- Cette bête-là, on ne la force pas comme un sanglier, ajouta un autre. C'est un ennemi auquel on livre bataille. Et nous, nous ne sommes que des paysans.

---

3. *Pieve* : l'équivalent d'un canton actuel.

C'est alors que le *capurale* intervint :

- Mais nos seigneurs sont des guerriers, eux. Nous leur payons un tribut assez lourd et nous subissons assez les effets de leurs guerres pour qu'ils nous protègent en retour.

Tous se mirent alors à parler en même temps : Battistu avait raison. Seuls des guerriers avaient leurs chances, avec leurs cottes de mailles, leurs épées, leurs lances. Et les seigneurs de Cannuta étaient largement payés d'avance par les charges et les corvées dont les villageois s'acquittaient.

Le *capurale* prit à nouveau la parole :

- Dès demain, il faudra que trois d'entre nous se rendent à la tour de Cannuta.

Comme tous les bras se levaient, il désigna le bûcheron et, se tournant vers le prêtre, lui dit :

- Si vous acceptiez d'être le troisième, notre tâche serait plus facile, mon père. L'aide que demande l'homme de Dieu est difficile à refuser.

- De l'homme de Dieu ! Quand c'est Dieu lui-même qui a permis au Diable de nous envoyer cette créature !

Tous les visages s'étaient tournés vers la vieille aveugle.

- Vous faites semblant d'oublier jusqu'à son nom, comme si elle vivait seulement dans les légendes. Mais vous savez que la *Biscia* est notre châtiment à tous.

Un silence d'étoupe était tombé sur la pièce tandis que les yeux verts de Priseria traversaient chacun d'eux.

- Ce monstre est le fruit de vos veuleries et de vos renoncements. Il est envoyé pour vous punir des guerres que se livrent les seigneurs. Oui. Vous ! Les victimes du plaisir qu'ils prennent à se combattre. Parce que c'est vous qui avez usé vos bras à dresser les tours du haut desquelles ils vous dominent. Vous avez eu la naïveté de croire qu'en échange ils vous apporteraient leur soutien contre tous ceux qui viennent s'emparer de notre terre. Mais, d'où que vienne l'envahisseur, ils pactisent avec lui et ils vous abandonnent aux massacres, aux galères, aux geôles et à l'exil. Ils vous ont asservis quand ils vous devaient aide et assistance. Et vous, au lieu de vous liguer contre eux, vous gaspillez vos forces en querelles stériles, quand vous ne vous entre-tuez pas. Aussi loin que je peux pressentir l'avenir, je vous vois courir après les promesses à ronger qu'ils vous lancent, courber l'échine sous les flatteries dont ils vous accablent, quand ils ont besoin de vous. Seigneurs, podestats, chefs de bande ou de clan... quel que soit le nom qui leur sera donné au fil du temps, dans vos moments de lucidité, vous vous les désignerez de loin, comme les bouffons de toutes les allégeances, de toutes les félonies, de toutes les compromissions[4], puis vous vous remettrez à vous battre entre vous. Dans les eaux troubles de votre orgueil imbécile, à travers cette bête puante, vous refusez de reconnaître ceux qui sont à la fois vos oppresseurs et vos traîtres... Et c'est auprès d'eux que vous allez chercher protection ?

4. Visa pour un miroir (roman – Le Rocher).

La vieille femme se tut et nul n'osait mot dire. Tous se dirigeaient vers la porte, évitant de faire le moindre bruit, la tête basse, car au fond d'eux-mêmes ils savaient qu'elle disait vrai.

Horaciu, le prêtre et le *capurale* s'étaient arrêtés à quelques pas de la tour. Bâtie sur la colline qui surplombait le marais, c'était une bâtisse carrée, au sommet crénelé, percée de meurtrières et de mâchicoulis. Les étages supérieurs étaient ornés de fenêtres géminées. Toutes étaient éclairées et, dans leur encadrement, par instants, passaient des hommes et des femmes parés de riches habits.

Aux anneaux scellés dans les murs étaient attachés les chevaux de ceux des invités qui, le lendemain, participeraient à la chasse au cerf qui se déroulerait avant le festin de Noël.

Malgré les paroles de la vieille femme, l'aspect redoutable de ce donjon leur donnait quelque espoir. Même s'ils se moquaient bien de les secourir, les seigneurs de la guerre ne refuseraient pas d'intervenir : des gens aussi puissants qui trouvaient tant d'attraits aux combats et à la chasse, en éprouveraient les deux plaisirs à la fois pour affronter une bête à leur mesure !

Après les avoir interrogés, le garde les entraîna à travers des escaliers et des couloirs desquels ils apercevaient au passage des salles où des domestiques affairés préparaient les festivités.

Le garde les introduisit dans une vaste salle coiffée d'une voûte ogivale, haute comme une église. Sur trois de ses murs s'ouvraient les fenêtres dont les linteaux étaient soutenus par de minces colonnes de pierre. Tout au fond, flanquée de deux longs bancs ouvragés, s'étirait une table aux pieds sculptés dans la masse. Une cheminée monumentale occupait le quatrième mur. Calé sur deux énormes chenets, y brûlait un tronc d`olivier. Du centre de la voûte, suspendu à une chaîne, un lustre d'acier, encombré de chandelles, égouttait sur les dalles ses larmes de cire. Ils retrouvaient dans la pièce les gens parés de fourrure et de brocart qu'ils avaient entrevus dans les encadrements des fenêtres.

Les seigneurs de la tour étaient trois frères d'allure hautaine. Ils avaient la même bouche dédaigneuse et le même regard de rapace. Des bottes de cuir souple enserraient leurs jambes jusqu'aux cuisses et ils portaient des pourpoints de velours décorés de broderies d'argent. A leur ceinture se balançait une dague au manche d'ivoire serti de perles.

Accueillant leurs premiers invités, ils dissimulaient à peine leur contrariété de se voir ainsi dérangés et, sans la présence de l'homme d'Église, l'auraient manifestée plus ouvertement.

Impressionné par la rutilance du décor, des atours des dames et de la mine altière des maîtres des lieux et de leurs hôtes, le *capurale* bredouilla un salut et, laborieusement, se mit à raconter leur malheur. Pour aller jusqu'au bout de son récit, il lui fallait songer au sang et aux larmes que le monstre avait fait verser. Ce fut l'air narquois que prenaient les trois sires à mesure qu'ils l'écoutaient qui lui donna l'audace de formuler leur requête autrement qu'en les suppliant :

- Cinq des nôtres sont morts, tués par la *Biscia* du marais, dit-il en les regardant dans les yeux. Il faut la combattre et la tuer. Vous avez le devoir de nous défendre. Nous venons vous demander secours.

Oubliant la présence du prêtre, les seigneurs éclatèrent d'un rire tonitruant, repris par L'assistance.

Les trois hommes restèrent figés. La vieille aveugle était en deçà de la réalité : c'était le rire et la moquerie que l'évocation de leurs morts et de leur terreur suscitait chez ceux qui devaient les protéger.

- Vous nous importunez pour nous demander de combattre une chimère ! Et avant Noël encore, dit enfin l'aîné des trois.

- Et avec une arrogance dont, un autre jour, tu aurais eu à pâtir ! ajouta celui dont une balafre violette s'étirait de la tempe à la commissure des lèvres.

- Non, Messer ! dit le prêtre, cette créature existe, elle a interrompu l'office pour se nourrir de sang chrétien et si vous y aviez été présent...

- Père, trancha le cadet, le respect que nous devons à votre robe ne nous empêche pas de à discerner qu'on ne sait quelle folie s'est emparée de votre esprit et vous porte à divaguer. En outre, nous n'avons pas besoin de vos sermons. Nous ne tolérerons pas plus longtemps d'être indisposés par des paysans à qui la peur d'un animal échappé à quelque montreur d'ours a fait perdre la raison. Nous attendons ce soir des seigneurs d'alentour qui demain passeront avec nous la veillée de Noël. Nous nous amuserons à leur raconter votre histoire. Le divertissement qu'elle constituera sera le dédommagement de votre incursion inopportune. Mais, à présent, retournez-vous-en et sachez qu'aucun d'entre nous n'a le devoir de vous protéger des histoires de mauvaise fame.

Et d'un geste de la main, il fit signe au garde de reconduire ces visiteurs indésirables.

La lourde porte bardée de ferrures et de clous carrés s'était refermée derrière eux.

La neige avait gelé et leurs pas sonnaient sur le chemin. Les nuages avaient quitté un ciel que, jusque dans l'éclat des étoiles, le gel avait figé aussi. Ils marchaient les mâchoires serrées, le regard traduisant un profond désarroi. En retrouvant les autres, ils allaient connaître un moment plus dur encore que le refus qu'ils venaient d'essuyer : on les renvoyait à leurs peurs et au péril et il allait falloir leur avouer que c'était sans espoir.

Soudain, ils entendirent se rapprocher le bruit d'un galop : bientôt un cavalier surgit dans la lueur de la lune. C'était un jeune homme dont le regard témoignait la surprise de rencontrer des gens si loin de tout village, à cette heure et par ce froid. Une large épée lui battait le flanc. Sous sa cape en poil de chèvre, il portait un pourpoint aussi finement brodé que les trois seigneurs. Mais lui n'avait ni leur arrogance ni leur air dédaigneux.

Le prêtre s'avança vers lui :

- Ghjuvanni ! Ghjuvanni de San Colombano !

Le jeune homme porta son regard vers celui qui l'avait nommé.

- Père Andrei ! s'exclama-t-il.

Il descendit de cheval pour saluer le prêtre. Celui-ci se tourna alors vers les autres :

- Ghjuvanni est le fils du seigneur de San Colombano, c'est moi qui l'ai baptisé voici bientôt vingt ans...

Le jeune homme dévisageait ces hommes dont les regards lui renvoyaient sa propre surprise.

- Nous venons de la tour, reprit le prêtre, nous étions allés demander de l'aide, mais il semble que les préparatifs d'un festin ont plus d'importance que la vie des hommes.

Tenant son cheval par le licou, Ghjuvanni s'était mis à cheminer avec eux tandis que le prêtre lui racontait comment la *Biscia* se repaissait de leur chair et comment, livrés à sa férocité, ils n'avaient plus d'autre espoir que Dieu les prenne en pitié.

- Et toi, demanda-t-il enfin, où te rendais-tu ?

- Mon père était invité à Cannuta pour Noël... Mais il est trop vieux pour courir la nuit à cheval. Il m'y envoie à sa place. Et sur un ton rageur il ajouta : Entre pairs, il faut bien garder des relations courtoises !

- Eh bien alors, il ne faut pas vous attarder, dit Graziu qui, du propos, retenait seulement que ce cavalier s'apprêtait à rejoindre ceux qui riaient de leur tragédie.

Ghjuvanni considéra ces hommes qui, si près de Noël et dans la nuit froide, étaient partis quérir un espoir chez ceux qui l'attendaient maintenant, ceux-là mêmes pour qui il n'avait ni estime ni amitié. Une fois de plus, il maudissait ces obligations familiales qui, pour le malheur de leur terre, forçaient les uns et les autres à faire fi de leurs aversions ou à renier leurs idéaux pour se rallier à des causes dont le but exclusif était de faire perdurer une féodalité cadavéreuse.

Après un instant d'hésitation, il s'arrêta :

- Je viens avec vous ! Sans doute ne vous serai-je pas d'un grand secours, mais la *Biscia* aura tout au moins un adversaire de plus.

Dans la salle commune où ils étaient de retour, assise à la même place que la veille, la vieille Priseria finissait d'égrener un chapelet. Ses lèvres remuaient sans qu'aucun son n'en sortit.

Les trois hommes observaient Ghjuvanni. A présent que la lueur de la lampe remplaçait celle plus incertaine de la lune, ses épaules frêles et ses traits juvéniles leur inspiraient à la fois un sentiment de compassion et d'étonnement : ils songeaient aux trois seigneurs aux carcasses forgées par les jours passés à guerroyer et à leurs soldats bardés de cuir et de fer... Le jeune homme n'avait ni heaume ni cotte de maille, pas même un bouclier. Pour livrer un combat aussi hasardeux, il possédait seulement cette épée, si lourde qu'on l'imaginait davantage tenue par l'un ou l'autre des trois frères de la tour. Eux dont le devoir était de leur venir en aide avaient refusé, alors que ce jeune seigneur, plutôt que de participer à leurs fêtes, choisissait de combattre un monstre qui ne ferait de lui qu'une bouchée. L'envoyer affronter la bête était un acte indigne et inutile.

Le prêtre s'approcha de lui, s'apprêtant à l'en dissuader, à lui dire qu'il n'y avait nulle couardise à renoncer car il était impossible de vaincre la *Biscia*.

Comme s'il avait deviné sa pensée, Ghjuvanni leur dit :

- Je sais me battre. La guerre est même la seule chose que l'on m'ait véritablement apprise. Si celle que se livrent sans cesse les seigneurs n'est qu'un jeu impie, il n'est pas moins vrai que l'art du combat que l'on m'a enseigné est nécessaire contre le mal : c'est cette guerre-là que je livrerai ce soir.

Près du feu, la vieille femme n'avait rien perdu de ce qui se disait. Elle saisit la main de Ghjuvanni et il sembla que son regard vide eut, pour quelques instants, des étincelles de vie :

- Ce soir, tu n'aurais aucune chance, murmura-t-elle. Il faut que tu saches que ces querelles dont tu parles sont celles qui ont causé le réveil de la *Biscia*. Déjà, lorsque j'étais enfant, ma grand-mère m'avait raconté les incessantes discordes entre les seigneurs de la *pieve* et la vile résignation des autres. Elles provoquèrent la colère de Dieu qui laissa le Diable les châtier. C'est lui qui leur envoya la *Biscia*. Elle sortait du marais où elle était cachée chaque fois qu'un tintement de cloche lui rappelait qu'elle n'existait que pour punir les hommes qui priaient le Dieu qu'ils avaient offensé. Il fallut bien des années avant que la vie ne reprenne son cours et que s'efface des mémoires le souvenir de ce châtiment. Pourtant la bête n'était pas morte et mon aïeule savait qu'elle dormait toujours au fond du marais. Tu as raison, Ghjuvanni, la *Biscia* est le mal et toi seul peux la vaincre car tu n'as jamais combattu par amour de la guerre. Pourtant, même toi, tu ne peux rien contre elle ce soir. On ne peut triompher du Diable que la seule nuit où lui et ses légions ont peur d'une étoile. Et cette nuit arrive demain...

Ghjuvanni avait passé la journée de ce 24 décembre cloîtré dans la chambre où, la veille, l'avait conduit le *capurale*, et personne n'avait osé troubler cette retraite aux allures de veillée d'armes.

Quand il quitta la maison de son hôte, la nuit était tombée depuis longtemps, une nuit glaciale, que nul bruit, nulle voix ne traversait. Les pas de son cheval en martelaient le silence, sans échos, mais Ghjuvanni savait que chacun d'eux résonnait à travers l'âme de tous ceux qui, terrés dans les maisons qu'il longeait, l'écoutaient passer, englués dans leur peur. Le portail de l'église était ouvert à deux battants et, à chaque coin du catafalque, les cierges qu'on n'avait pas éteints achevaient de se consumer.

Il mit pied à terre face à l'autel et, après une génuflexion devant le tabernacle, il alla barricader le portail avec l'énorme bras de fer qui pendait au mur.

Minuit approchait comme il se dirigeait vers l'entrée du clocher. Il avança à tâtons, jusqu'à ce que ses doigts effleurent la corde. Élevant les mains, il s'y suspendit.

Au-dessus de lui, la cloche, encore muette, en retombant ébaucha un coup d'épaule qui le souleva. Épousant le mouvement, il l'accentua en tirant sur ses bras, arrachant à l'autre bout de la corde une sourde résonance. Alors, s'agrippant à la corde, s'arcboutant, bondissant avec elle, faisant tonner la cloche à plein gosier, Ghjuvanni déchaîna le vacarme.

Déjà, au-dehors, des coups formidables ébranlaient le portail.

Lâchant la corde, le jeune homme s'était approché.

Tenant d'une main la bride de son cheval, de l'autre il tira son épée. Elle étincelait dans la nef obscure comme si sa lame s'emparait des dernières lueurs des cierges. Il entendait le souffle de la bête et la bête, de l'autre côté, flairait sa présence : elle émit un sifflement et se jeta contre le portail avec une rage redoublée.

- Frappe tant que tu peux, je viendrai toujours t'ouvrir assez tôt !

Au son de la voix humaine les forces de la Biscia se décuplèrent. Le portail trembla plus fort mais la barre de fer résistait. Ghjuvanni, lui, continuait de crier :

- Frappe plus fort, bête infâme ! Tu ne retournerais pas dans ta boue le ventre vide ! Frappe ! Frappe encore !

Affolé, le cheval se cabrait, fracassait les bancs de ses ruades. Son maître se mit alors à lui parler doucement et peu à peu, le destrier se calma. Le bras de fer, peu à peu, se descellait du mur, et le bois du portail éclatait par endroits. Mais en même temps, les coups paraissaient l'atteindre avec moins de violence, comme si la bête s'épuisait. Il attendit quelques instants encore puis, d'un revers de son épée, il fit sauter le bras de fer et enfourcha son cheval. Un court instant, le cavalier et la *Biscia* s'immobilisèrent.

Elle avait un corps de reptile. Sa tête qui se dressait à hauteur d'homme était celle d'un oiseau ou, plutôt, celle d'un griffon de cathédrale ; de son bec crochu s'écoulait une bave nauséabonde ; ses petits yeux cruels fixaient le cavalier. Puis la bête se coula dans l'église. À mesure qu'elle avançait, ses anneaux faisaient onduler sa chair luisante, comme si chacun d'eux possédait une vie propre. Et ce corps gluant s'enflait comme une outre, chaque fois que son râle emplissait la nef. La bête était multiple et si longue, qu'ayant atteint le milieu de l'église, sa queue avait à peine passé la porte, une queue bifide qui fouettait l'air avec une violence inouïe. La faisant tournoyer comme une masse d'arme, en même temps, de son bec, elle essayait d'atteindre la tête en décochant des coups furieux. Mais à la puissance du monstre, Ghjuvanni opposait une agilité prodigieuse : faisant bondir son cheval de côté, se ramassant pour esquiver le coup qui lui aurait fracassé le crâne ou arraché les entrailles, s'élançant avec sa monture à l'autre bout de l'église pour éviter d'être enserré dans les terribles anneaux, souple comme un furet, la fulgurance de ses ripostes déroutait la *Biscia*. À plusieurs reprises déjà, il avait entaillé son corps. Aveuglée par la furie, elle se redressa soudain, pulvérisant de la tête un vitrail et fondit sur lui au milieu d'une pluie d'éclats de verre. L'un d'eux lui lacéra le bras pendant qu'il lui plongeait son épée dans le cœur. Un flot de sang violâtre jaillit de la blessure, coulant le long de l'épée pour se mêler à son propre sang.

Alors, poussant un mugissement formidable, la bête s'écroula dans un fracas qui secoua l'édifice. Balayant les restes de bancs, de chandeliers et les débris de verre, ses anneaux se déroulèrent convulsivement, dans les derniers soubresauts de l'agonie.

Le cheval allait au pas, encore frémissant, les flancs écumants, l'œil fou. Le buste incliné, son bras blessé replie sur sa poitrine, Ghjuvanni se laissait emporter.

Les portes s'ouvraient une à une et, autour d'eux, grossissait le cortège des villageois. La vision des mains qui s'agitaient sur son passage, des visages qui lui souriaient, lui parvenaient à travers une évanescence lumineuse, les cris des gens qui l'acclamaient, lointains et assourdis. Ils accentuaient la griserie qui le gagnait doucement, à mesure que, s'insinuant par la blessure de son bras, le sang empoisonné de la *Biscia* trouvait le chemin de son cœur.

Quand le cheval arriva à la hauteur d'Oraziu, le bûcheron saisit les rênes. Ghjuvanni s'était affaissé sur l'encolure tandis qu'à l'allégresse succédait un silence consterné. Tous regardaient ce jeune étranger qui, pour les sauver de la bête, avait sacrifié sa vie alors que leurs seigneurs, bien à l'abri dans leur donjon, continuaient de festoyer.

De l'autre côté du marais, la tour se découpait sinistrement dans la lueur de la lune et chaque souffle de bise qui en apportait les bruits de liesse, attisait la colère.

Les villageois avaient redressé le cavalier. Ils l'avaient attaché à sa selle, tuteuré à l'aide d'une fourche de bois entre les dents de laquelle son menton était maintenu relevé. C'est ainsi que, par les sentiers escarpés de l'île, on ramenait souvent le corps de ceux qui mouraient trop loin de chez eux pour être transportés sur des civières. Pour ramener Ghjuvanni chez les siens, le cheval connaîtrait le chemin. L'escorte des paysans ne l'accompagnerait pas au-delà du marais, car c'était non loin de ses eaux qu'ils s'apprêtaient à lui rendre un tout autre hommage.

Oraziu se tourna vers les villageois :

- Maintenant, il nous faudra être aussi braves que lui, si nous voulons que le Diable nous oublie.

Et en désignant la tour, il ajouta :

- Et vous savez que cette nuit est la seule où il n'est pas le plus fort.

Des étages inférieurs de la tour, montaient les chansons des soldats qui avaient mis un tonneau en perce.

Dans la grande salle où s'achevait le festin, assises sur des bancs ouvrages ou sur des cathèdres recouvertes de peaux de moutons, des femmes jacassaient, riaient en lorgnant les damoiseaux qui jouaient de la vielle ou de la *caramusa*[5] Une farandole se déroulait dans l'escalier en spirale et à travers les étages de la tour. Dans le renfoncement des fenêtres, des jeunes gens lutinaient des damoiselles de moins en moins farouches au fil des heures. Installés à la longue table, quelques convives attardés commentaient leurs exploits de chasse de la journée ou, ponctuées de gros rires, quelques histoires de femmes troussées, tout en lançant des reliefs du repas aux molosses qui tournaient autour d'eux ou en remplissant leurs coupes de liqueurs. Adossé à une colonne de l'immense cheminée de pierre, l'aîné des trois seigneurs narrait à d'autres invités un de ses derniers faits d'armes. Tout au bout de la table, adressant à l'entourage des plaisanteries d'une voix pâteuse, les deux autres frères jouaient avec leurs voisins à celui qui boirait le plus.

Soudain, d'une fenêtre qui donnait sur le marais et où des couples se tenaient enlacés, une voix s'écria :

- Venez voir ! Il y a des torches partout !

Tout le monde se précipita.

Sur le chemin qui longeait le marécage, un fourmillement de lueurs se reflétaient dans l'eau et embrasaient les brumes qui couraient par-dessus.

---

5. *Caramusa* : cornemuse corse

- Ce sont nos villageois qui doivent s'en revenir de la messe, dit l'aîné des trois frères, avant d'ajouter en ricanant : Ils sont bien obligés d'aller l'entendre ailleurs, depuis qu'un dragon a, paraît-il, dévoré leur curé !

Mais comme personne ne riait à l'unisson et que les têtes demeuraient tournées vers le marais, il s'approcha lui aussi d'une fenêtre et, comme les autres, ses traits se figèrent : une nuée de paysans surgissaient des brumes du marécage. Mais, bien plus que les échelles prêtes à s'abattre sur les murs, les cognées, les fourches et les frondes brandies, menaçantes, la cause de la terreur qu'il lisait dans tous les regards était la vision de ce cavalier frêle et pâle dont les yeux étaient clos et qui, du fond de sa nuit, les guidait.

Jean-Claude et Agnès ROGLIANO

LA BELLE ET LE ROSSIGNOL

Le front collé à la vitre, Lelia regardait le bonhomme de neige. Campé au milieu de la place, ses moignons de bras en croix, il affrontait la chute oblique des flocons. À l'autre bout de la ruelle, des cris d'enfants chevauchaient la bise.

C'était la dernière semaine de mars et l'hiver n'en finissait pas. Les autres années, elle s'en serait réjouie : en tissant sur les branches, sur le rebord des toits ses dentelles de glace, c'est un peu le temps qu'il travestissait aussi, prolongeant une enfance peu pressée de partir. Mais cette fois, c'était une échéance funeste qu'entraînait la persistance du froid. Et Lelia le savait. Un mois plus tôt, alors qu'on la croyait toujours dans sa chambre, elle avait surpris, dans le salon, l'aparté entre le médecin et son père. Elle avait remonté l'escalier sur la pointe des pieds. Feignant de n'avoir rien entendu, elle laissait son entourage continuer à débrider sur son sort les arguties rassurantes.

Hormis le portrait de sa mère souriant dans le cadre ovale au-dessus de la cheminée du salon, la seule image qui en elle évoquait l'au-delà était sa cousine Dora, qui avait quatorze ans comme elle quand, l'année d'avant, les fièvres l'avaient emportée. Au milieu de l'église, dans la civière des enterrements où elle était étendue, le visage et la robe de morte étaient confondus dans une même pâleur. Lelia n'avait jamais vu d'autres morts et depuis, pour elle, la mort était une espèce de sommeil blanc aux odeurs d'encens et de cierge. Elle aussi, peut-être, s'endormirait doucement et aurait le même visage serein ! Il fallait s'en persuader en tous cas, avec cet hiver qui, en perdurant ainsi, ne lui laissait pas d'autre issue.

Rosana disait que le mal était survenu à cause des âmes qui peuplent le torrent : « Il faut toujours jeter une pierre quand tu passes près de l'eau ! recommandait-elle à Lelia, c'est le seul moyen de les éloigner de nous. » Et la vieille servante lui racontait comment, aux abords des gués et des ponts, certains morts épient le passage des vivants. « C'est *l'imbuscada,* poursuivait-elle, malheur à qui est frappé ! »

On aurait pu le croire cette nuit de novembre au moment où, de retour d'un mariage célébré dans le village voisin, la calèche avait traversé le pont : Lelia avait été brusquement secouée de frissons par un froid comme elle n'en avait jamais ressenti.

« Les abords des torrents sont toujours glacés en cette saison, mais après le tournant, ça ira mieux », avait dit son père, en l'enveloppant dans son manteau. Mais, sitôt rentrés, on avait eu beau passer entre les draps la bassinoire gorgée de braises, elle avait grelotté jusqu'au matin.

Rosana l'avait retrouvée recroquevillée dans son lit, brûlante. Les tisanes de la vieille femme et les drogues du médecin avaient desserré l'étau qui étreignait sa poitrine. Il demeurait seulement une lassitude, un engourdissement tiède au fil duquel elle se laissait glisser avec la sensation d'être de plus en plus légère, comme si, imperceptiblement, un peu d'elle-même, jour après jour, s'en allait.

Allié aux flocons, le crépuscule effaçait déjà le clocher, la fontaine, le grand chêne qui faisait face à sa chambre. Abandonné par les enfants, grimé par les premières ombres, le bonhomme de neige prenait une allure inquiétante.

Lelia s'écarta de la fenêtre. C'était l'heure des premières angoisses, celles que tout d'abord le craquement d'une bûche, l'éclat d'une lampe font battre en retraite mais qui, doucereuses avec leur air de nostalgie, attendent patiemment que s'installe le silence pour se faufiler jusque dans nos rêves.

Avec toute cette neige, son père arriverait plus tard que les autres soirs du chef-lieu du canton, là où se trouvait le tribunal où il siégeait. Cette fois encore, elle dînerait toute seule.

Elle se décida à quitter sa chambre. Des bruits de fourneau venaient de la cuisine où Rosana s'affairait en bougonnant. Elle faisait mijoter un bouillon de poule, celui qu'on donne aux femmes en couche ou aux malades.

Dans la cheminée de la salle à manger, la dernière bûche se consumait. Mais la pièce était encore tiède et déjà, comme tous les soirs, Marc' Andri cognait le heurtoir de bronze du portail.

Transporter le bois de la cour où il était rangé à la cuisine et à la salle à manger, faisait partie des besognes à sa portée. Pour Lelia, sa venue serait le seul moment de distraction de la journée. Au début de sa maladie, ses amies étaient venues la voir, lui apportant des livres, jouant aux dames avec elle ou commentant les événements qui émaillaient la vie du village. Puis les visites s'étaient espacées et elle devait se contenter à présent d'une apparition fugitive, certains après-midi, d'une ou deux d'entre elles, le temps de s'enquérir de sa santé ou d'échanger quelques bavardages. Aujourd'hui encore, nul visiteur ne s'était manifesté.

Les pas de Marc'Andri résonnaient sur les dalles du couloir. Il apparut dans l'encadrement de la porte, les bras chargés de souches de bruyère. Selon son habitude, il demeurait immobile, à regarder Lelia sans oser franchir l'entrée. Agé de quelques années de plus qu'elle, ses joues creuses et mal rasées, son pantalon de velours rapiécé aux genoux et sa veste trop courte le faisaient paraître plus vieux si on ne rencontrait son regard d'enfant effarouché.

- Eh bien ! Ne reste pas planté comme ça ! lui dit Lelia que son trouble amusait toujours, entre !

Après avoir rangé les souches dans le grand coffre de châtaignier près de la cheminée, il entreprit de ranimer le feu. En quelques instants, les flammes jaillirent des braises, jetant des lueurs saccadées sur les murs où se mirent à vaciller leurs deux ombres.

Sur un ton exagérément admiratif elle le complimenta :

- Pour allumer un beau feu, tu n'as pas ton pareil ! Un sourire béat éclaira le visage de Marc'Andri.

Comme dans tous ces villages de la montagne, du plus sage au simple d'esprit, Marc'Andri avait sa place au sein de la communauté, divertissant les uns, rendant de menus services aux autres en échange de quelques pièces de monnaie. N'ayant aucune idée de l'usage qu'on pouvait en faire, il les rapportait à une grand-tante qui l'avait recueilli lorsque l'épidémie avait décimé la moitié des habitants. On l'appelait pour bêcher un jardin, consolider un enclos, débroussailler un bout de verger. Il accomplissait sa tâche avec une obstination tranquille et toujours l'air d'être un peu ailleurs. Parfois, on le voyait errer par les ruelles, l'air égaré, le pas mal assuré, comme si chacun des villageois qu'il croisait lui faisait peur. À courir la forêt comme il le faisait, il semblait bien que, plutôt que dans le village, c'était là qu'il lui convenait de passer sa vie. La parcourant souvent du lever de l'aube à la fin du jour, il en connaissait chaque arbre, chaque rocher, chaque source. On l'apercevait parfois remontant le torrent ou surgissant d'un taillis ou d'une grotte. Il arrivait même qu'on le surprenne, souple et silencieux, à se glisser jusqu'aux fourrés les plus denses où se réfugiaient les sangliers ou, tapi au fond d'un châtaignier creux, se confondant avec l'écorce, un morceau de viande au bout des doigts, laisser venir à lui un couple de renards. On avait du mal à reconnaître cet être balourd et craintif sous le nez duquel on s'amusait à faire sonner deux ou trois sous pour le décider à imiter le criaillement du geai ou le hululement des oiseaux de nuit : le souffle suspendu, les traits figés et le regard aiguisé par l'attention, la démarche féline, tout en lui s'accordait avec la forêt, à se demander quels secrets il pouvait partager avec les animaux, les arbres et le vent.

À voir fondre des restes de neige sur ses vêtements, aujourd'hui encore il devait y avoir passé la journée.

Lelia allumait, l'une après l'autre, toutes les lampes de la salle à manger. Elle avait aussi ramené un chandelier du salon. Autant que de chaleur, elle éprouvait de plus en plus ce besoin de lumière, comme si le mal, qui doucement l'éteignait, attendait la fin du jour pour surgir du fond de ténèbres frileuses.

De l'autre bout de la pièce où il s'était retiré, Marc'Andri ne la quittait pas des yeux, suivant chacun de ses gestes, guettant la moindre parole qu'elle pouvait lui adresser.

Elle lui fit signe de s'approcher du feu.

- Tu n'as pas peur de rester aussi trempé ? C'est à croire que tu ne craindrais pas même de tomber dans le torrent. (elle soupira) A moi, il a suffi d'un souffle d'air un peu plus glacé que les autres…

Elle posa le chandelier sur la console au-dessus de laquelle était accroché le miroir. Au-delà de son image, le reflet qu'il lui renvoya était celui de l'infinie langueur qui l'habitait et qui, étrangement, en amaigrissant ses traits, en agrandissant ses yeux, adoucissait encore l'ovale du visage, rendait plus profond son regard. Mais il y avait aussi cette pâleur qu'accentuait la blondeur des cheveux, la maigreur des épaules qu'effleuraient des boucles légères.

Elle détourna la tête du miroir.

- Seulement un souffle glacé... et puis après, même respirer devient difficile... comme si c'était la nuit qu'on respirait.

Elle avait oublié Marc'Andri et, continuant de s'adresser à lui, c'est à elle seule qu'elle parlait. Et lui, écarquillant les yeux dans l'effort qu'il faisait pour comprendre, les bras ballants, demeurait là, sans remuer, de peur que le moindre crissement sur le plancher interrompît ce moment.

- Tu sais, poursuivit-elle, il y aurait peut-être quelque espoir. C'est ce qu'a dit le médecin à Père. J'avais tout entendu. Il disait que je pourrais guérir, si j'arrivais à retenir ma vie jusqu'aux beaux jours. Mais comment croire qu'ils vont bientôt revenir ! Il y a des semaines que le rossignol aurait dû les annoncer... (Elle tendit le bras vers la fenêtre.) Nous sommes à dix jours du printemps et c'est toujours décembre.

Pour confirmer ses dires, venue on ne sait d'où, une furtive rafale fit claquer le volet d'une chambre. Le grand chêne s'ébroua, laissant tomber des paquets de neige. Puis le silence retomba. Comme tirés de quelque mauvais sommeil, l'un et l'autre s'écartèrent de la cheminée. Lelia alla vers le buffet pour en retirer un couvert tandis que Marc'Andri s'en allait en rasant les murs du couloir. Il avait cessé de neiger dans la nuit. Les jours suivants, seules couraient par les versants de rageuses bourrasques. Soulevant du sol la poussière de neige et déchirant les brouillards, elles déshabillaient la montagne et le ciel. Mais d'autres nuages apparaissaient et le froid tenait bon, et sur les lauzes des toits et sur la terre noire, la gelée s'installait. Les villageois ne sortaient de chez eux que pour accomplir les tâches essentielles. Par moments, traversant la place à pas pressés, passait une femme s'en revenant de la fontaine ou un paysan transportant sur l'épaule une botte de foin.

Dès que tombait la nuit, Marc'Andri débouchait de la ruelle qui montait vers l'église. Lelia reconnaissait sa silhouette à son allure hésitante, comme si la place regorgeait de périls. Il se dirigeait d'abord vers la réserve à bois derrière l'écurie puis allait frapper au portail. Rosana descendait lui ouvrir et, suivant un rituel quotidien, il faisait son entrée dans la salle à manger, les bras chargés de rondins ou de souches. Après avoir ranimé le feu, il se retirait au fond de la pièce, le regard fixé sur Lelia, attendant le sourire ou les quelques paroles qu'elle lui adresserait en même temps qu'elle tendrait ses mains vers les flammes. Quand elle commençait à dresser le couvert pour le repas du soir, il repartait, toujours rasant les murs, comme pour se faire plus vite oublier.

Jusque-là tenue à l'écart, l'angoisse se remettait à rôder autour de Lelia. C'était surtout à ce moment-là, qu'entre deux allées et venues de la table au buffet, le souffle lui manquait. Elle vacillait sur ses jambes et elle devait s'asseoir. Quand elle reprenait quelques forces, elle se dirigeait vers la fenêtre pour voir si le temps allait enfin changer. Mais accompagné d'une bruine opiniâtre qui le rendait plus pénétrant que le gel, le froid paraissait s'être installé pour toujours. Elle s'en retournait alors vers la cheminée, essuyant parfois une larme.

A son retour, son père la retrouvait plus pâle et plus amaigrie. C'était un petit homme sec, au regard en vrille derrière ses binocles d'acier, habitué à voir le monde à travers des procédures et des codes et que la maladie de sa fille désemparait. Au cours du dîner, en prenant le ton le plus enjoué, il tentait de la distraire, en lui rapportant les nouvelles du canton ou en lui faisant le récit de quelque incident d'audience s'il s'en était produit d'assez burlesque pour la dérider. Il s'apercevait bien vite qu'elle faisait semblant d'écouter ou se forçait à rire. Le repas se poursuivait alors dans le silence, sans que l'un avoue à l'autre ne pas être dupe de la comédie dans laquelle l'un et l'autre s'étaient réfugiés.

Le moment redouté arrivait lorsque Lelia regagnait sa chambre. Le sommeil était lent à venir et elle savait que, lorsqu'il s'emparerait d'elle, ses paupières se refermeraient sur les mêmes chimères. Cette nuit-là, une fois encore, le rêve où elle avait fini par sombrer lui avait fait aborder une nuit plus insondable. Tout près d'elle, le torrent roulait ses eaux noires. Noire était l'écume et noires étaient les brumes qui glissaient par-dessus. Se souvenant des recommandations de Rosana, elle cherchait à y jeter des pierres. Mais autour d'elle, il n'y avait que des rochers livides. Un vent sournois rôdait sur la berge et, par instants, fondait en glapissant sur les lambeaux de brume. D'entre les remous s'élevaient des murmures, des voix plaintives qui enflaient à mesure qu'il se déchaînait. Et ces voix l'appelaient... De temps à autre, il lui paraissait percevoir aussi, déferlant au fil du tumulte, deux ou trois notes fragiles, naufragées de Dieu sait quelle musique. Un instant suspendues sur une crête de silence, aussitôt englouties, elles semblaient ne devoir jamais réapparaître quand, au bout d'un moment, elles ressurgissaient, ballottées d'un souffle à l'autre, bravant à nouveau le fracas, s'y engouffrant à nouveau, comme pour y puiser une vigueur nouvelle. Et peu à peu, s'épuisait la tempête, et il semblait bien que c'était cette ombre d'harmonie qui, incertaine et fugitive, triomphait de sa fureur.

À son réveil, comme à l'accoutumée, Lelia se hâta d'ouvrir les rideaux de la fenêtre pour voir si le temps avait changé. Une ombre passa dans son regard : sur la vitre, la buée, qu'elle avait effacée du plat de la main, révélait la persistance du froid et le ciel était toujours aussi bas. Enfanté par un nuage, un vol de corbeaux s'en décrocha. L'un d'eux vint se poser sur le chêne. Ses branches étaient tellement touffues qu'elle le vit seulement quand l'apparition de Rosana, ouvrant le portail, le fit s'envoler. Seuls quelques rameaux effleurés par les ailes frémirent : aucun souffle ne passait sur le village. Aucun bruit. Lelia gardait seulement dans les oreilles ceux qui avaient peuplé son rêve : les hurlements du vent, les voix, les murmures et, surtout, ce fragment de mélodie, trop éphémère et trop confusément mêlé au tumulte pour qu'elle le reconnût. Elle avait passé un long moment à parcourir ses souvenirs, cherchant duquel d'entre eux ou de quel autre rêve il pouvait bien dériver. Depuis qu'elle avait appris vers où la conduisait chaque jour qui passait, revivre les songes et les souvenirs lui importait autant que de vivre la réalité quotidienne, comme si, pour la précéder sur l'autre rive de la nuit, de ce voyage redouté, ils contenaient les signes et les repères.

Le tintement des cloches annonçant la messe l'avait tirée de ses méditations.

Comme chaque dimanche, la matinée s'était écoulée plus vite : l'église était à l'autre bout de la place et Lelia pouvait se distraire à regarder les fidèles qui se groupaient devant le parvis en attendant le dernier carillon. Les garçons et les filles entraient les premiers pour prendre place sur les rangées de bancs disposés le long des bas-côtés. Durant l'office, elle ne pouvait entendre leurs chants, mais la voix des orgues qui les accompagnaient parvenait jusqu'à elle et, dans sa tête, elle y accordait les paroles des cantiques qu'elle connaissait par cœur. Elle se revoyait les chanter sur le banc des filles... Cela, aujourd'hui, lui paraissait loin, à la lisière d'une autre vie.

Bien que l'après-midi, à cause des visites, fût un peu plus animé que d'ordinaire, pour Lelia le temps s'était remis à s'étirer en longueur : la sollicitude de ses cousines lui pesait et l'insistance avec laquelle les uns et les autres s'ingéniaient à lui trouver des signes de rétablissement lui donnait envie de leur crier de ne plus se donner cette peine. C'est presque avec soulagement qu'après le repas du soir, elle regagna sa chambre.

Quand cette nouvelle nuit se referma sur elle, nulle tempête ne la traversa. Le torrent roulait toujours à ses pieds. Toujours aussi noires étaient ses eaux et les brumes qui les survolaient. Les voix qui montaient d'entre ses remous s'étaient tues et seul en sourdait un murmure, un soupir incessant à travers lequel se frayait un chemin une volée de notes frêles. Elles lui semblaient pareilles à celles de la nuit d'avant, mais moins feutrées, plus proches, prenant de l'assurance entre chaque coulée de silence. Après un dernier instant d'hésitation, elles se répandirent soudain en floraisons de trilles, roulades mélancoliques et frémissements de cristal. Et Lelia, cette fois, reconnut cette palpitation de l'aube. C'était le signal qu'elle désespérait d'entendre et sans lequel elle n'aurait jamais rassemblé assez de forces pour attendre l'arrivée des beaux jours. Ce chant qui les annonçait l'aiderait à tordre le cou à la fatalité... Elle se voyait déjà courant par les sentiers de la montagne, sentait sur son visage la caresse des premiers rayons de soleil et des pluies douces du printemps... Elle finit par se redresser sur son lit, réveillée par les battements de son cœur.

Elle courut vers la fenêtre. Mais du dehors, seul montait, assourdi par la forêt, le grondement du torrent. La neige, en fondant, puis cette bruine incessante en avaient gonflé les eaux. C'était sûrement cette rumeur qui, depuis des jours, la précédait dans ses rêves, charriant en même temps l'écho de ses peurs et de ses espoirs. De ce dernier songe, rien d'autre ne paraissait subsister que ce bruit glauque et Lelia, l'esprit en déroute, demeurait pétrifiée, quand le chant du rossignol s'éleva de nouveau. Alors, retenant son souffle, n'osant pas même entrouvrir les rideaux de peur de briser l'enchantement, elle se laissa choir sur une chaise pour l'écouter jusqu'à ce que l'interrompent les premières lueurs du jour.

Ce matin-là, elle décida de ne plus rester confinée dans sa chambre et, reprenant son ouvrage de broderie depuis longtemps abandonné, s'installa dans la salle à manger près du feu.

Quand Rosana parut, en riant de la surprise inquiète de la vieille femme de la trouver si tôt hors de son lit, Lelia s'écria :

- Le froid s'en va... Je vais guérir ! - Et comme cela ne fit qu'accroître son étonnement, elle ajouta :

- Le rossignol est revenu. Je l'ai entendu... Et tout le monde sait qu'il annonce le printemps !

- C'est vrai... C'est vrai... reconnut Rosana, conciliante, et c'est sûr que tu vas guérir ! Mais pas en quittant ton lit à pareille heure ! Et maintenant, tu vas boire la tisane que je vais te préparer, et te couvrir un peu plus ! ajouta-t-elle avec autorité, en regagnant sa cuisine.

En traversant le couloir, avec un hochement de tête dubitatif, elle jeta un regard sur la lampe de verre rangée dans une niche et dont l'huile, cette nuit encore, avait gelé.

Lelia avait passé la journée entre la cheminée à poursuivre la broderie d'un napperon et la fenêtre vers laquelle elle se précipitait, dès qu'un rayon surgissait d'entre les nuages. La tombée de la nuit avait accru sa fébrilité et, pour tromper son impatience, elle essayait de se concentrer sur son ouvrage, écoutant d'une oreille distraite les réprimandes de Rosana que cette vivacité inquiétait et, quand Marc'Andri entra avec son bois, remarquant à peine sa présence.

- Bientôt, je n'aurai plus besoin de tes tisanes ! répondait-elle à l'une, ni de tes bûches, disait-elle à l'autre, le rossignol ne se trompe jamais. Rosana répliquait en grommelant quelque semonce, tandis que Marc'Andri continuait de la contempler avec son sourire béat.

Et ce soir-là et les soirs qui suivirent, Lelia cessa d'avoir peur de ses rêves car elle savait qu'elle s'éveillerait au chant du rossignol. Portée par l'espoir, elle attendait impatiemment le retour de l'oiseau à la fin de chaque nuit. Et la maladie reculait à chaque aurore.

La dernière journée de mars, un vent glacial avait emporté les nuages. Le ciel avait déteint sur la nuit et la nuit était bleue. Attisée par le gel, elle pétillait d'étoiles et le grand chêne, avec ses feuilles ourlées de givre, était imprégné de sa lumière. Le torrent s'était tu, enserré dans la glace, ou peut-être écoutait-il lui aussi... De quelque part dans l'arbre, comme jamais il ne s'en était élevé de ces lieux, une arabesque de gammes irisait la nuit, un appel exalté, voluptueux, entre plainte et extase, qui s'enivrait de sa propre magie.

Le lendemain, Lelia se leva, guérie et heureuse.

Enveloppée dans son châle de laine, elle courut ouvrir les volets.

L'air était presque doux. Un immense soleil faisait fondre le givre qui recouvrait le chêne dont la frondaison était si dense qu'elle ne pouvait voir, raidi par le froid, tout en haut de l'arbre, le corps de Marc'Andri qui, de l'oiseau, s'était arrêté d'imiter le chant, juste avant l'aube.

Jean-Claude et Agnès ROGLIANO

LE JETEUR DE PÉCHÉS

Enfin, Rimigna était mort !

On l'avait découvert un matin, près de sa masure, tout recroquevillé, de la boue et du sang séché plein le visage.

On creusa un trou bien profond et on l'enterra au plus vite, sans confrérie ni office.

Sa maison était restée ouverte et quelques paysans se la désignaient, grignotés de curiosité.

- Si on allait voir ! lança Carlone qui ne ratait jamais une occasion de jouer les braves.

Il y avait une seule pièce, très grande, avec une lucarne pour fenêtre. Encore habitée la veille, elle avait l'odeur défraîchie des demeures abandonnées depuis des années ; mais des senteurs bizarres la traversaient aussi, fugaces à en paraître illusoires. Déjà les rats avaient pris possession des lieux, à moins qu'ils n'y fussent installés depuis toujours. Par terre, dans un coin, un lourd grimoire, refermé sur un fouet dont la lanière de cuir dépassait d'entre les pages, semblait digérer une proie. Près de la cheminée, un crapaud gisait écartelé au fond d'un bocal où, semblant se le disputer, deux cornues au ventre suant trempaient leur bec...

Pas très à l'aise, l'œil méfiant, les paysans contemplaient chaque objet sans trop s'approcher. Du haut d'une étagère, un crâne encore chevelu leur souriait.

Soudain, l'un d'eux sursaute. Les autres suivent son regard. Et ils restent là, sans pouvoir reculer ni crier, empêtrés dans cette vilaine peur venue de là-bas, tout au fond de la pièce, près du mur, sans même toucher le sol, une silhouette qu'ils connaissent bien se tient immobile.

Mais le rire de Carlone les secoue :

- Tas de froussards ! Vous ne voyez pas que c'est sa cape !

Et pour faire entrer un peu plus de jour, il va ouvrir le volet de la lucarne.

Accrochée par le capuchon à un clou du mur, c'est bien une cape. Une lourde cape de laine noire, rapiécée un peu partout, effilochée sur tous les bords.

Été comme hiver, Rimigna ne s'en séparait jamais.

Elle était si ample et son grand corps si maigre qu'il aurait pu s'y enrouler plusieurs fois. Mais sous les soleils brûlants ou les vents chargés de neige, il la gardait seulement jetée sur les épaules, laissant traîner les pans sur la terre ou flotter autour de lui comme des ailes folles. Ainsi revêtu, on le rencontrait toujours cheminant, comme acharné à poursuivre quelque mystérieux gibier, parcourant la châtaigneraie par les sentiers muletiers, longeant les clôtures, rôdant autour des maisons isolées, traversant le village à la tombée de la nuit... Malgré sa jambe raide, il marchait sans bâton. Sa démarche inégale et hachée lui donnait une allure comique et inquiétante à la fois. Du plus loin qu'on l'apercevait, on faisait de son mieux pour l'éviter.

Il n'y avait ni risque de fièvre ni de maux de ventre pour qui le rencontrait. Ça aurait sûrement mieux valu, car pour ça, il y avait Serena, la *signadora*[1], avec ses mots magiques pour que tout rentre dans l'ordre. Mais pour ce qui était des péchés à répandre, allez donc jouer au plus fort avec le Diable ! En tous les cas, Diable ou pas, c'était depuis le soir où il les avait croisés sur le pont de Nebbia et les avait fixés si étrangement que Saveriu se ruinait au jeu et que sa femme suivait n'importe qui sur la paille des granges. Sans parler de ce qui était arrivé à Martina, Felice et à bien d'autres !

Le mal venait sans hâte, se faisait doux comme une caresse. Puis le malheureux qu'il habitait découvrait, se mussant dans son être, ces idées bizarres, ces désirs soudains qui s'accouplaient, s'enchevêtraient et peu à peu s'appropriaient sa volonté et sa raison. Épouvanté, il essayait d'y résister, s'épuisait à les ignorer, à tenter de les jeter hors de lui. Mais opiniâtrement, masquant de plus en plus leur laideur sous l'attrait du plaisir, la horde des tentations mauvaises déferlait sur lui et bientôt l'emportait. Aucune tisane, aucun exorcisme ne pouvait rien contre le péché qui, pour toujours, s'accrochait à lui comme un pou.

---

1. *Signadora* : celle qui guérit à l'aide de prières secrètes.

À peine rassurés, les hommes se sont rapprochés de la cape. Ils lui jettent des regards haineux, comme si elle recouvrait encore le vieux.

- Si on la brûlait...

- Surtout qu'elle peut encore porter le mal.

La plupart sont de cet avis, mais ils n'osent pour autant y toucher.

Alors, de nouveau, la voix de Carlone se fait entendre, railleuse :

- Par l'Enfer ! Vous êtes pires que des femmes ! Vous allez voir ce que je vais en faire, moi, de votre cape. Elle vous effraie tant que ça ? Eh bien, si elle fait autant peur aux oiseaux, on n'en verra plus beaucoup piller mon blé !

Et tendant la main vers la défroque, il l'arrache du clou et, la tenant à bout de bras comme un trophée, il sort, tandis que les autres reculent prestement sur son passage.

Au milieu de son champ, Carlone avait planté un épouvantail. Il l'avait confectionné avec des échalas, de la paille, et l'avait vêtu d'un vieil habit de velours rongé par les souris et décoloré par les années. Le bâton qui soutenait la veste était trop court pour les manches : elles pendaient sous lui comme des bras morts. Les deux bouts d'échalas piqués dans le sol, eux, beaucoup trop longs, dépassaient du pantalon et semblaient les jambes décharnées d'un squelette.

- On le prendrait pour l'autre ! ricana Carlone, quand il l'eut couvert de sa cape.

*
* *

Pourtant, au lieu d'apporter le malheur comme beaucoup le craignaient, la cape semblait produire maintenant des effets opposés : pour ce qui était d'effrayer autant les oiseaux que les gens, Carlone n'avait pas cru si bien dire et jamais, au moment des semailles, son champ ne fut aussi bien protégé des pilleurs ailés. Les corbeaux eux-mêmes évitaient cet endroit d'un coup d'aile, jetant à celui qui le gardait un ou deux croassements feutrés, comme des injures proférées à mi-voix.

- Vous voyez bien, répétait Carlone, qu'il a fini par servir à quelque chose, ce sale vieux !

*

* *

Puis arriva le temps des veillées. Les brumes de l'hiver couraient dans les ruelles et sur les champs nus passaient les vents gelés.

Le travail de la journée achevé, avant de rentrer chez eux, les hommes allaient chez Petru Pa'. La pièce où ils se réunissaient était la fois un séchoir et une taverne. En guise de plafond, il y avait une claie de bois luisante de suie où, en novembre, Petru Pa' mettait les châtaignes à sécher. Elle était si basse qu'on pouvait s'y noircir les doigts en élevant les bras. Au milieu de la salle, sur le *fucone*[2] flambaient toujours des bûches de chêne ou d'olivier. Sous l'escalier raide menant à la claie était alignée une rangée de barriques obèses. Seules les

2. *Fucone* : foyer de pierres et de terre entouré de quatre planches occupant le centre du séchoir.

flammes éclairaient la salle toute remuante d'ombres. Après avoir marché dans le froid, il faisait bon de se retrouver là, serrés autour de la table, à jouer aux dés en buvant de l'eau-de-vie ou du vin chaud ou, assis sur le banc à haut dossier, à fumer sa pipe en écoutant Petru Pa' jouer du violon.

Ce soir-là, il y avait encore du monde à la taverne.

Cette bruine qui tombait depuis le matin n'engageait pas à mettre le nez dehors. Les bûches du *fucone* et les pipes mêlaient leurs fumées et leurs senteurs d'olivier brûlé et de tabac.

Robertu venait de partir, titubant et hoquetant comme tous les soirs. À la grande joie des autres, il avait passé une heure à chanter, hurlant pêle-mêle cantiques et chansons à boire. À présent, le calme était revenu. Dans un coin, Petru Pa' jouait sur son violon un air aigrelet de ronde. Entourés de quelques villageois, Carlone et Ghjulianu disputaient une partie de dés. Par moments, un souffle de bise venait se perdre et gémir dans le toit.

Soudain la porte s'ouvrit, comme arrachée par une bourrasque.

Un instant, pipes, dés et gobelets demeurèrent suspendus à bout de bras et le violon s'arrêta sur une note suraiguë, comme surpris.

Le souffle précipité, hagard, Robertu se tenait dans l'encadrement de la porte. Il essayait de dire quelque chose, mais seul un gargouillement sortait de sa bouche tandis que sa langue lapait le vide. Au bout d'un moment, il finit par s'écrier :

- J'ai vu Rimigna !

Un grand éclat de rire lui répondit.

- On t'a toujours dit que tu as une voix à réveiller un mort.

- C'est à croire que boire autant que tu bois n'est pas un vice, s'il veut t'en donner un autre !

- Je vous dis que c'était lui ! J'ai reconnu sa cape ! Et il boitait...

Après s'être bien amusé, on essaya de le convaincre que seule l'eau-de-vie d'Ors'Andri était la cause de l'apparition. Ce fut peine perdue. Il ne voulait pas ressortir seul et Carlone dut le raccompagner chez lui.

Chemin faisant, il sursautait au moindre bruit, se retournait sans cesse, jurait qu'il entendait marcher derrière eux.

Une fois le bonhomme rentré, Carlone poussa un soupir. « Pour un peu, bougonnait-il, il finissait par me coller sa frousse ! »

*

* *

Il y avait une bonne demi-lieue entre le village et la maison de Carlone. Le sol était glissant comme procession de limaces et, deux ou trois fois, Carlone avait failli s'étaler. Il sacrait contre le temps, contre cette bruine qui pénétrait tout, contre les nombreux gobelets vidés tout à l'heure et qui étaient loin de rendre la marche plus aisée...

Plus de la moitié du chemin est faite. Il vient de dépasser ce qui reste du gros chêne abattu par les bûcherons et dont les racines cramponnées au sol arrivent jusqu'au sentier, hideuse araignée de délire tout en pattes crochues.

Enfin, il a atteint le champ. Il n'aura qu'à le longer : de l'autre côté, il y a la maison. Comme pour l'encourager, la pluie aux mille dents s'est arrêtée et, bousculant quelques nuages, la lune a surgi à la pointe d'un cyprès. Les lauzes de la maison sont apparues, luisantes, et le grand champ a surgi de la nuit. Il fait si clair qu'on le voit tout entier, ridé par les sillons anciens, avec l'ombre de Carlone qui s'étire devant lui. On voit même plus loin, jusqu'à l'aire à blé, là-bas, où, dit-on, certains soirs de grand vent, certaines vieilles bossues, puant le sépulcre, viennent, armées de lourds fléaux, pour battre de bien singulières moissons... Peut-être sans même s'en rendre compte, Carlone presse le pas.

Avec un petit crissement de bienvenue, la porte cède sous sa main. Il va bousculer le feu, ce paresseux qui a profité de l'absence du maître pour s'endormir au creux d'une bûche.

Dehors, peu à peu, le ciel s'est vidé des nuages. Seul le vent est resté. Son souffle semble venir de très loin, sans violence ni coups de tête : comme le vieil hypocrite qu'il est, avec la complicité des étoiles au trop vif éclat, il emmène le gel avec lui.

Maintenant, au milieu de la salle commune, le feu ronronne à pleins tisons. Carlone vient de remonter de la cave. Il va faire rôtir un morceau de jambon. Par la trappe ouverte monte, par savoureuses bouffées, l'odeur des saucissons et des grands carrés de lard accrochés sous le plancher.

Assis sur la *banca*[3], il tend aux braises le bout de jambon piqué dans une broche.

À part la pluie, la journée n'a pas été si mauvaise : dans la matinée, il a vendu toute une portée de lapins et, le soir, il a presque toujours gagné aux dés contre Ghjulianu. Il est tout guilleret et il ne pense qu'à des choses agréables ou drôles : tout de même, quel sacré remue-ménage il avait fait, ce vieil ivrogne de Robertu, avec sa peur de l'autre ! « J'ai vu sa cape ! » braillait-il, comme si la cape, il ne savait pas où elle était... Et soudain, Carlone pâlit, la broche manque de lui tomber des mains : sur le moment, il ne s'était pas rendu compte. Mais à présent, il revoit le champ baigné de lune qui, jusqu'à l'aire à blé, s'étendait... vide !

Cette cape, le vent n'a pas pu l'arracher ; il ne soufflait pas assez fort. Et même s'il avait emporté les hardes et la paille dont elles étaient bourrées, il serait au moins resté les échalas, solidement enfoncés dans la terre.

Mais alors, ce qu'a dit Robertu... Carlone essaie de se ressaisir : tout ça n'a pas de sens ! Il était pressé de rentrer et, en longeant le champ, il n'a pas jeté le moindre regard sur l'épouvantail qui doit y être encore.

Il va ouvrir la porte. Il est bien là. Mais Carlone sent un peu partout sur sa peau se piquer de petites pointes frileuses : il l'avait planté au milieu du champ et ce soir, on le dirait plus près de la maison !

3. *Banca* : banc en châtaignier à haut dossier.

Doucement, une nappe de brouillard rampe le long du sol et l'entoure. Mais... est-ce le brouillard qui s'éloigne ou l'épouvantail qui se rapproche ? Le vent a pris des forces. La cape se déploie brusquement, les manches vides se redressent et restent suspendues en l'air... Carlone claque la porte et pousse le lourd verrou. Il essaie de maîtriser son grand corps qui tremble, ses jambes qui se dérobent. Si les autres le voyaient, il aurait bonne mine ! lui qui s'est tellement moqué de leur frayeur. Peu à peu, il retrouve son calme. Il se force à réfléchir. Voyons... avait-il bien planté l'épouvantail au milieu du champ ? N'était-ce pas plutôt un peu plus en avant, là où la charrue rencontrait encore de grosses souches, a une trentaine de pas de la maison ?

« Toc ! »

Carlone sursaute. Le bruit, à peine audible, résonne en lui comme tocsin en folie.

« Chut ! Chut ! » semblent chuchoter les flammes qui, délaissées, se font toutes petites.

Un long moment passe, gavé de silence. Il se rassure un peu : ce bruit, sans doute éclos dans la vallée, c'est son imagination qui s'en est emparée pour le jeter par ici.

« Toc... Tac... Toc... Tac... Toc... Tac... »

Ce sont des pas qui se rapprochent... Mais est-ce vraiment un bruit de souliers ? On dirait plutôt des chocs de bâtons sur le sol gelé. Non, ce ne sont pas des souliers. Mais ce bruit sourd... suivi l'instant d'après d'un choc plus sec, et aussitôt après, le même bruit sourd, cette cadence inégale comme... Comme la marche d'un boiteux !

A lui faire gicler les yeux hors de la tête, la terreur l'empoigne à la gorge...

« Toc... Tac... Toc... Tac... Toc... Tac... »

La panique s'empare de lui. Il court d'une pièce à l'autre, renverse les meubles, se heurte aux murs : tantôt, ce n'est pas l'épouvantail qu'il a vu, ni Rimigna, ni tout à fait son fantôme. C'est un terrible mélange des trois... Et ce monstre de bois, de paille et de maléfice, c'est lui, Carlone, qui l'a créé !

Il n'a pas dessoûlé de la nuit.

Après avoir poussé ses meubles les plus lourds contre portes et fenêtres, il était descendu se terrer dans la cave. Même après que les bruits de pas se furent éteints, il n'avait pas osé en remonter. Dans sa tête, ils continuaient à marteler son angoisse et, pour les arrêter, il s'était mis à boire jusqu'à s'effondrer entre les barriques... À travers les voiles de l'ivresse et du rêve, il voyait marcher l'épouvantail. Les deux échalas servant de jambes n'étaient pas de même longueur et la démarche était raide, saccadée, mais vive aussi, et sûre, et obstinée. Et la longue carcasse oscillait d'arrière en avant, les bras étendus comme un crucifié en rupture d'échafaud. Il allait contre le vent, insensible aux bourrasques. Les bâtons frappaient le sol de plus en plus fort, la cape se tordait, s'écartelait avec fracas. Et cette créature, c'était Rimigna ! Rimigna qui, mort, était devenu plus puissant, plus mauvais... Dans l'esprit des gens, il allait faire naître des choses terribles... Il fallait prévenir tout le monde ! s'armer de feu ou d'eau bénite ! Il fallait... Carlone criait dans son rêve. Et ses cris finirent par le réveiller.

Il fait jour. Le vent souffle encore et un soleil blanc comme la neige saute d'un nuage à l'autre.

Tout secoué de froid, Carlone se relève. Péniblement, il gravit l'échelle de la cave. Ses yeux larmoient et sa bouche est de plomb. Ses tempes battent fort, comme si le martèlement des échalas continuait.

Avant d'ouvrir, il hésite un instant, mais le peu de jour qui entre dans la pièce est déjà si rassurant !

L'épouvantail est au milieu du champ, ni plus près ni plus loin de la maison que d'habitude.

Mais alors, ce qui s'est passé hier ? Tout cela s'est seulement déroulé dans sa tête, à cause de tout ce vin bu chez Ors'Andri, des sornettes de ce nigaud de Robertu, de la nuit dans cette campagne lugubre. Et le bruit de pas ? Sans doute quelque bourricot dont la marche, gênée par une entrave, avait ce rythme bizarre... Et Carlone se sent devenir plus courageux. De toute façon, la cape, il la brûlera, et ainsi, cauchemar ou pas, il sera plus tranquille.

Mais en attendant, Carlone aimerait bien ne pas être tout seul. Sans doute, à son insu, demeure encore en lui l'ombre de ses frayeurs. Il voudrait aller au village pour trouver de la compagnie, mais chacun doit vaquer à ses occupations et on se demanderait pourquoi, ce matin, il ne travaille pas. Alors, l'idée lui vient d'aller à la fontaine : c'est l'heure où la petite Emilia va chercher l'eau. En revenant de la chasse, il passe souvent par là et, souvent, ils se rencontrent. Carlone attend que la seille soit remplie pour aider la fillette à la poser en équilibre sur sa tête ; puis, côte à côte, l'un fusil en bandoulière, lièvre ou perdreau lui battant le flanc et l'autre, toute droite, coiffée du grand seau de bois, ils cheminent en bavardant jusqu'au village.

Emilia n'a pas treize ans mais elle est beaucoup plus éveillée que les filles de son âge et Carlone s'amuse de ses réflexions, de ses questions, de son air grave quand elle lui parle.

Aujourd'hui, pour la faire rire, il racontera la grande frayeur de Robertu, en imitant la voix éraillée de l'ivrogne... Et, en même temps, il finira d'exorciser sa propre peur.

La fontaine n'est pas loin du village et, par-dessus la colline, on voit monter les fumées des maisons. Quand les villageois parlent un peu fort ou s'interpellent, on entend leurs voix et parfois même, on distingue leurs paroles. L'eau coule dans une vasque, au fond d'une voûte au-dessus de laquelle se penche un noyer envahi de lierre.

À l'approche de Carlone, une belette s'enfuit dans un bruissement de feuilles sèches. Il n'y avait personne. Il devait être plus tard qu'il ne pensait et Emilia devait avoir pris son eau depuis longtemps.

Il s'en retournait sans hâte, l'esprit comme embué d'un vague regret, quand il l'aperçut : elle descendait la colline. Maintenant, il la voyait au milieu des chênes. Elle s'amusait à sauter d'une pierre à l'autre, s'arrêtait pour regarder un geai s'envoler, cueillait un rameau de houx pour l'accrocher à sa robe, cette longue robe grenat un peu sévère pour son âge et qui lui dormait un air de petite femme.

Carlone retourna avec elle jusqu'à la fontaine.

-Tiens ! remarqua-t-elle, vous n'avez pas votre fusil, aujourd'hui ?

Il bredouilla une explication :

- Je viens seulement me... promener.

Et il fut surpris de se sentir troublé, comme s'il avait dit un mensonge pour dissimuler quelque faute.

En attendant que la seille fût remplie, ils s'assirent sur la murette qui longe la paroi du fond de la voûte.

Comme d'habitude, Emilia racontait des tas de choses, donnait son avis sur tout et demandait le sien à Carlone : le curé était mécontent qu'on n'ait pas encore réparé le toit de l'église... Luisa avait eu des jumeaux... Était-il vrai que, dans le sud, très loin d'ici, il existait un endroit où, à une époque de l'année, on voyait le soleil par un trou de la montagne ?

Carlone lui répondait distraitement. Son trouble grandissait et il s'y mêlait un curieux plaisir qui l'inquiétait de plus en plus. Il essaya de se lever pour s'en aller mais se retrouva sans volonté, incapable de s'arracher à la murette. Dans un faux mouvement, sa main effleura le genou d'Emilia. Il la retira vivement et sa nuque se mit à battre furieusement. Un instant, un souvenir récent le traversa : il revit l'épouvantail les manches dressées, tel un officiant devant l'autel...

Alors, il comprit. Il fallait partir ! Très vite ! Le plus loin possible d'Emilia...

La seille était remplie et elle se levait : elle enroulait le linge blanc sur sa tête. Comme Carlone ne l'aidait pas, elle lui lança un regard surpris. Il se ressaisit un peu et se leva. Tandis qu'il posait la seille sur la couronne de lin, Emilia s'était remise à lui parler, mais il n'entendait pas.

- Vous êtes bien distrait, Carlone, ce matin, dit-elle, taquine. On dirait que vous...

Elle s'interrompit en voyant comme son visage avait changé : il était livide ! Son œil gauche se fermait à demi et s'ouvrait brusquement ; une grosse veine faisait saillie sur son front, fourchue comme une langue de serpent. Mais le plus effrayant, c'était ce regard plein de lueurs bizarres qu'elle sentait courir sur son corps comme du feu et cette voix qui murmurait entre des lèvres presque closes : « Va-t`en... Va-t'en... Fais vite ! »

Elle reste là à le regarder, les yeux agrandis d'étonnement. Pourquoi, lui si gentil, lui parle-t-il ainsi ? Pourquoi tant de menace dans cette voix qui paraît supplier ? Pourquoi tant de frayeur dans ce regard lui-même effrayant ?

La peur la gagne elle aussi et elle fait un pas pour s'en aller. Elle voudrait se hâter, mais, sur sa tête, la seille semble être devenue terriblement lourde. Emilia sent le sol coller à ses pieds comme dans ces mauvais rêves où l'on ne peut pas fuir.

Soudain, une main effleure son bras. Elle sursaute et la seille tombe avec un bruit de futaille crevée. Carlone est tout près d'elle. Ses deux mains caressent ses épaules, glissent le long des bras.

A travers sa robe, elle les sent toutes brûlantes... Il l'entoure de gestes doux...

Mais ce souffle précipité... ce regard halluciné... D'un bond, elle se dégage : les deux mains la rattrapent, s'agrippent à elle, la renversent, la fouillent... Un bruit d'étoffe déchirée et sa robe s'ouvre, une jambe blanche apparaît... Une main y enfonce des ongles affolés. Elle ne peut même plus se débattre, captive de ce grand corps éperdu qui l'écrase. Alors, c'est comme si le cri qui ne pouvait sortir de sa gorge est libéré par la douleur brutale qui s'ouvre en elle.

Lui n'entend même pas ce hurlement qui a fait taire d'un coup les oiseaux et que l'écho jette contre les maisons du village...

Les hommes sont là. Ils ont décroché leurs fusils et ont accouru, guidés par ce cri.

Ils aperçoivent Emilia sous la voûte de la fontaine, tassée contre la muraille comme pour s'y enfoncer, le regard chaviré. Près d'elle se tient Carlone, hébété. Dans une main crispée, il tient encore un morceau de robe.

Il ne paraît même pas voir les fusils qui se lèvent. Son épouvante vient de plus loin. Il regarde vers son champ où un bonhomme de bois et de paille laisse flotter sa cape au vent, énorme chauve-souris d'angoisse faisant la roue avec ses ailes fantastiques...

Jean-Claude ROGLIANO

I DUI SEINI

Les grands châtaigniers s'égouttaient comme s'il pleuvait encore. Ils distillaient un crépitement acide qui s'accordait avec le ciel, un de ces ciels d'automne criblés de feuilles sèches, qui transmuent la forêt en une contrée gris et or.

Sur le chemin menant à Bozziu, enveloppé dans son manteau en poil de chèvre, le vieux Lanfranchi se traînait en maugréant.

- Ils ne seront jamais repus, ces porcs !

La douceur n'était pas précisément le trait dominant de caractère du bonhomme et ce n'est pas pour rien qu'on l'appelait *Cardone,* considérant que nul surnom ne pouvait mieux lui convenir que celui de grand chardon.

Ces invectives étaient proférées contre Gênes, le dernier occupant en date. Elles étaient la ponctuation ordinaire de l'exécration vouée par les insulaires, depuis bientôt cinq siècles, à la République Sérénissime. Ce matin d'octobre 1729 n'était pas pour en atténuer l'intensité : c'était le jour où il fallait s'acquitter de l'impôt de deux *seini*, la dernière trouvaille pour pressurer un peu plus le peuple ou, tout au moins, qu'il fût autant pressuré qu'avant l'abrogation de la taxe sur le permis de port d'arme.

Paradoxalement, la suppression de cette redevance avait pour cause la raison même de sa rentabilité que favorisait la façon très particulière des juges génois de rendre la justice. Il faut dire que la Sérénissime envoyait dans l'île ceux de ses fonctionnaires et de ses magistrats les plus corrompus. C'était un moyen de s'en débarrasser et, pour eux, l'opportunité de se refaire une honorabilité et accessoirement un pécule. Ainsi, chaque conflit conduisait au déroulement d'un simulacre onéreux de procès, exclusivement destiné à gruger les protagonistes et à l'issue duquel chercher une ombre de droit ou d'équité dans le jugement rendu aurait participé de la plus extrême naïveté. Mieux valait donc s'en remettre à celui du bon vieux tromblon familial dont la bouche d'acier bleuté dispensait des sentences aussi lapidaires que définitives.

Cette justice plus personnelle n'était en rien concurrentielle à celle de la Superbe, dans la mesure où elle favorisait la prolifération des armes, et donc des deniers consécutifs à l'acquisition de la taxe qui en autorisait le port.

Cependant, les vingt-huit mille crimes de sang demeurés impunis, durant les quinze premières années du siècle, avaient fini par émouvoir les Douze Nobles[1]. Le vieux Cardone se souvenait de

1. Les Douze Nobles : conseillers corses élus par les députés de chaque *pieve*.

l'époque où l'intervention du père Murati, dépêché auprès du Sénat de la Sérénissime, avait défrayé la chronique. Le jésuite distingué de la vieille famille des Murati de Borgu avait exposé que, « dès qu'un homicide se commettait, les parents du mort recouraient à la justice contre l'assassin ; les parents de l'assassin accouraient pour empêcher l'action de la justice. Il y avait, entre les parties, une première lutte devant le greffier pour en obtenir un procès-verbal favorable ; une deuxième devant le juge qui émettait son avis ; une troisième devant le gouverneur, de qui émanait la sentence. Si les parties avaient quelques moyens pécuniaires, on profitait de l'occasion pour faire une moisson abondante : les plus offrants gagnaient toujours leur procès ; mais si c'étaient les parents du mort, on ne condamnait l'assassin qu'à une peine légère, et simplement pour donner une sorte de satisfaction, tandis que, si c'étaient les parents du meurtrier, le meurtrier lui-même était exempté de toute peine afflictive ou infamante... Que si les assassins étaient pauvres, alors, pour faire parade d'une justice incorruptible, ils étaient condamnés au bannissement ; mais bientôt, pour une *genovina*, on accordait un sauf-conduit de six mois, même aux bannis pour peine capitale, avec permis de port d'armes, afin que, pouvant parcourir l'île en toute sécurité, ils fussent non seulement en mesure de se défendre de leurs ennemis, mais même de commettre de nouveaux attentats[2] ».

2. Abbé Grégoire Salvini, in *Giustificazione della Rivoluzione di Corsica*.

Carogne[3] ! répétait, entre autres injures, Cardone en évoquant la manière dont la Superbe avait résolu le problème : les Sages Sénateurs avaient surtout retenu de la diatribe que la suppression du permis de porter les armes risquait de priver la République de revenus substantiels ; aussi n'avaient-ils accepté de se laisser convaincre qu'après avoir compensé le manque à gagner par un nouvel impôt, payable par tous, d'un montant de deux *seini* par foyer.

La manœuvre était d'autant plus fructueuse que les autorisations « exceptionnelles », aussitôt instituées, se vendaient bien plus cher que les anciens permis. Les fusils étaient confisqués, puisque prohibés, puis vendus sous le manteau. Il arriva que le même fusil fût confisqué et revendu sept fois... Ainsi, chacun ne continuait pas moins à être armé tandis que se poursuivait la surenchère des assassinats et que l'impôt demeurait.

*

* *

Carogne !

Sur le chemin, Cardone rumine sa rancœur et sa haine. Réveillée par la pluie glaciale qui vient de s'arrêter, la vieille douleur de sa jambe raide gagne ses reins, le courbe un peu plus vers la terre et le force à s'appuyer un peu plus sur son bâton. Chaque fois qu'elle se met à le lanciner de la sorte,

3. *Carogne* : charognes.

de noirs souvenirs fondent sur lui... Il se rappelle ce mugissement sinistre, celui qu'émet le *culombu*, le coquillage évidé dans lequel soufflent les guetteurs de la côte, à l'approche de voiles suspectes.

Car, s'ajoutant aux rigueurs de l'occupation génoise, pesait la menace des coups de main barbaresques. Ce soir-là, Cardone regardait les feux allumés par les bergers et qui, de cime en cime, à leur tour, propageaient l'alarme. Il avait alors une douzaine d'années et, déjà, associait aux sons qui s'élevaient du coquillage en forme d'aile les visions de pillages, de rapts, de villages incendiés. Du plateau où il gardait les brebis, il entendait monter de la vallée les clameurs poussées par les assaillants, les cris de terreur des femmes. Déjà, talonnés par les pirates, arrivaient ceux qui avaient pu échapper au massacre. Il fallait regagner le hameau. Retranchés derrière les meurtrières de ses maisons-tours, ils pourraient leur résister. Cardone s'était mis à courir. Mais pour l'enfant qu'il était, le versant était escarpé et grande la distance à parcourir pour les atteindre. Derrière lui, les bruits de poursuite se rapprochaient. Alors, il avait sauté dans le ravin que longeait le sentier et s'était dissimulé dans les bruyères, étouffant de justesse le cri qu'allait lui faire pousser la douleur de sa jambe brisée.

Pascal Pozzo di Borgo, orateur de Corse à Gênes, avait tenté d'attirer l'attention du Sénat sur la désolation que semaient dans l'île les incursions des infidèles. Mais pour les Génois, l'essentiel était de préserver leurs personnes et leurs biens et la Superbe avait jugé inutile un effort nécessaire à la sécurité de ses administrés. Gênes opprimait, elle ne protégeait pas. Dans l'île, il n'était de famille qui ne fût en deuil et quand, au catéchisme, le prêtre demandait : « Quels sont nos ennemis ? » invariablement, les enfants répondaient : « Peste, famine, guerre et Génois.» Les Génois qui avaient apporté ces trois maux... Et la peste, en 1340, avait emporté les deux tiers des habitants.

À travers les branches des châtaigniers, apparaissaient les premiers toits gris. À leur vue, Cardone oublia un instant son ressentiment et son manteau imbibé d'eau lui parut moins lourd : à Bozziu, il y avait quelques amis et le règlement de l'impôt, au moins, serait l'occasion de retrouver Pedr'Anto' et Felice que, les jours de fête, il affrontait au *chiam'e rispondi*. Expert en ces joutes oratoires entre villageois sur les sujets les plus divers, il était réputé dans toute la *pieve* pour son pouvoir d'évocation dans les chants qu'il improvisait suivant une rime précise et une versification parfaite. Les deux compères se feraient un plaisir de le revigorer devant un carafon d'eau-de-vie et, dans le séchoir à châtaignes, autour des flammes du *fucone*, ils chanteraient peut-être une bonne partie de la nuit, oubliant le temps d'une veillée leur misère et le joug de l'oppresseur.

Mais arrivé sur la place du village, sa mine se rassombrit aussitôt : sous l'arcade de la terrasse d'une maison, Jean-Baptiste Gallo, le collecteur génois, a fait dresser une table. Il a exigé une nappe et les soldats ont sorti sans ménagement le fauteuil à accoudoirs du maître de maison. Le collecteur s'y prélasse, au sec, tandis que ses sbires se tiennent de part et d'autre, l'arme au pied.

Les deux hommes se regardent, se toisent, chacun haïssant l'autre alors qu'ils se voient pour la première fois. Gallo, le petit Gallo est satisfait. Il montre sa force, la force de Gênes, et il est prêt à s'en servir. Il faut que ces administrés sentent bien toute la puissance de la Sérénissime République. À ses côtés, est assis l'abbé Pierraggi qui lui sert de secrétaire. Il est aussi rose et gras que l'autre est blême et décharné. L'un comme l'autre ont quitté Gênes et sont venus dans l'île le temps que s'oublient certaines affaires.

Près du grand registre ouvert, une bourse de cuir est là, molle, inerte.

Cardone a repoussé son manteau par-dessus son épaule droite. Il fouille lentement dans sa poche et, d'un geste brusque, il jette une poignée de monnaie sur la table. Ses yeux n'ont pas quitté un instant les yeux de Gallo. Le lieutenant soutient son regard, furieux de voir que tout son appareil ne suffit pas à impressionner ce vieillard. Quelle race ! Incapable de soumission ! Un orgueil invraisemblable pour ces gueux.

Gallo ramasse lentement les pièces, l'une après l'autre. Tout d'un coup, un rictus vient tordre sa mâchoire. Tenant la dernière, une baïoque de deux liards, entre le pouce et l'index, il la rapproche de son visage, la retourne lentement :

- Cette pièce est fausse, vieillard ! Il faudra la remplacer !

- Je n'en ai pas d'autres, lieutenant !

- Cette pièce sera remplacée ou tu seras saisi !

La main de Cardone s'est crispée sur le bâton.

- Je n'ai rien à saisir, et à mon âge, plus grand-chose à perdre.

La stupeur a figé les paysans rassemblés tout autour.

Personne n'a jamais osé parler ainsi à Jean-Baptiste Gallo !

La voix bien ajustée de l'autre martèle le silence :

- Alors, vraie ou fausse, cette pièce est trop bonne pour toi !

Et Cardone tourne le dos à la table. Il se redresse.

Quelque chose de ses traits a changé. Ce n'est plus le vieil infirme qui se traînait en fulminant. Ses yeux ne sont plus que deux fentes à travers lesquelles le regard fulgure et c'est tout droit qu'il s'éloigne entre deux rangées de soldats hésitant à intervenir.

- Tu as jusqu'à demain... siffle Gallo de l'autre côté de la table.

Le lendemain, toujours flanqué de l'abbé et entouré des mêmes soldats, le collecteur, assis à la même place, continuait de recueillir l'impôt. À mesure que la bourse se remplissait, de son écriture tout en pleins et délié harmonieux, l'abbé noircissait consciencieusement le registre. Tout autour s'était rassemblée une foule plus nombreuse que la veille : le bruit de l'incident s'était vite répandu et l'on était même venu des villages voisins assister à la tournure que Gallo lui ferait prendre.

Convaincus que le collecteur ne tenait pas à perdre la face, la plupart plaignaient Cardone, certains souhaitant qu'il se ravise et remplace la pièce fausse pour éviter la saisie de ses derniers biens.

Midi sonnait et, ses longs doigts secs tapotant nerveusement le bras du fauteuil, le collecteur n'attendait plus que lui. Sur son visage se lisait quelque impatience. Si le vieux ne venait pas, il faudrait sévir le jour-même, faute de quoi quelques-uns parmi cette populace pourraient bien suivre son exemple. Il se penchait déjà vers l'abbé pour lui faire part de sa décision de dépêcher quelques soldats pour le quérir quand une pièce roula sur la nappe. Il leva les yeux : Cardone se trouvait devant lui.

Un sourire détendit les traits du Génois :

- Eh bien ! Tu as fini par la trouver, cette pièce. Il suffit d'un peu de bonne volonté et bien des ennuis sont évités.

Cardone se taisait et Gallo balayait du regard la foule qui s'était resserrée, plus que jamais confit dans ses certitudes. Lui qui avait craint que le mouvement d'humeur de ce drôle n'eût quelque peu ébranlé son autorité, mesurant combien cette soumission la confortait, jubilait.

- Je vais même oublier tes vilains mots d'hier, poursuivait-il, magnanime, en tendant la main vers la pièce.

Et soudain, il poussa un hurlement : le bâton de Cardone venait de s'abattre sur ses doigts...

Pétrifiés devant cette audace, les villageois le regardaient, regardaient le vieux paysan. Tout aussi abasourdis, les soldats demeuraient sans réagir. Tassé dans le fauteuil, suffoquant de stupeur, ne parvenant à proférer un seul mot, Gallo, de sa main valide, leur désigna Cardone. Mais à peine ceux-là avaient-ils ébauché le geste de lever leurs arquebuses, que des bras les ceinturaient : le sursaut des villageois s'était déclenché sans concertation ni calcul des conséquences. Vieille comme leur terre, aussi enfouie qu'elle fût au plus profond de leur désespérance, leur volonté de se rebeller pouvait resurgir à tout moment, sans que nul ne sût à l'avance ce qui en brisait soudainement la gangue. Cette fois, c'était peut-être une pièce de monnaie dérisoire... Et cette volonté était celle d'une communauté dont chaque individu non seulement lui appartenait mais, à lui seul, était la communauté. Cardone était plus que des leurs : il était chacun d'eux. Ainsi en est-il des habitants de cette île dont nul esprit cartésien ne percera jamais l'énigme. Et ce geste de porter la main sur ceux qui s'en croyaient les maîtres, déjà, en faisait naître d'autres : des mains arrachaient leurs armes aux soldats puis les poussaient hors du village, accompagnés de volées de pierres.

Le gros abbé avait perdu ses belles couleurs. Il fuyait, courant derrière eux, criant qu'on l'attende, s'empêtrant dans les replis de sa robe, trop heureux que le semblant de respect qu'elle inspirait à cette engeance lui évitât d'être malmené.

Agrippé aux bras du fauteuil, le collecteur jetait dans tous les sens des regards éperdus. Autour de lui n'étaient que sourires en dent de scie et regards de silex. Habitué, au cours de ses tournées, à lire sur les visages la haine rentrée de ceux qu'il dépouillait, il la découvrait soudain en liberté, glaciale, épaisse à en devenir palpable, et pressentait les impulsions qu'elle était près de faire éclore. Il essaya de se lever mais ses jambes le trahirent. Ses entrailles aussi. Et ce fut cette manifestation du paroxysme de la peur qui le sauva : le silence creva sur le rire et les villageois, au lieu de le mettre en pièce, entre deux quolibets, dans une tempétueuse hilarité, se désignaient ce personnage vert et malodorant de terreur qui, quelques instants plus tôt, considérait comme une certitude définitive l'illusion de les avoir soumis.

Puis des poignes rugueuses se referment sur ses bras, le soulèvent, l'emportent. Ses jambes sont toujours chancelantes : il va se laisser choir... Mais une voix faussement respectueuse l'avertit : « Si vous tombez, lieutenant, ils vont vous piétiner ! » Gallo puise dans l'avertissement un peu d'énergie pour se redresser. Un poing défonce son chapeau. Une bouse de vache, bien onctueuse, s'aplatit sur sa figure. Sa perruque tombe, aussitôt ramassée par un enfant qui s'en coiffe et singe le collecteur d'impôt en prenant des poses distinguées tandis que redoublent les rires.

À la sortie du village, les mains l'ont relâché. Les hommes s'écartent. Il se retrouve au bout d'une double haie de paysans goguenards. Et c'est le premier coup de pied au derrière qui le pousse en avant, suivi d'une multitude d'autres dont le dernier, un peu plus appuyé, le catapulte au milieu d'une flaque de vase où se prélassaient une demi-douzaine de cochons.

Tandis qu'avec le même affolement que les bêtes effrayées par sa chute, crotté, les habits en lambeaux, s'enfuyait le représentant de la Superbe, du parvis de l'église, rugissait la voix de Cardone :

- Même les porcs n'en veulent pas ! Pourquoi faut-il que nous soyons soumis à de pareilles gens ? A leur rapacité ! Pourquoi leur payer tribut ? Nous ne sommes pas Génois, pourquoi auraient-ils le droit de nous faire la loi ? La loi du plus fort ? Soit ! Mais alors, tant qu'ils seront les plus forts... ou que le désespoir, ou l'orgueil ne nous poussera pas au-delà de toute prudence... Les hommes se regroupaient autour de lui pour l'écouter.

- Moi, je ne vais plus attendre. Je suis vieux mais je vais me battre, avec mes armes, avec ou sans permis.

Et soudain, il tonne les premiers vers d'une de ces improvisations dont il a le secret, et tout le monde a compris que ses armes sont déjà brandies, redoutables :

« Plus n'est temps de deuil ni de fête
Mais celui de la tempête... »

Il parle de l'oppression génoise, de la lutte, des héros anciens et de ceux à venir... Et chacun sait qu'on le rencontrera partout où il y aura du monde pour l'écoute et que désormais ce ne seront plus des poésies bucoliques qu'il improvisera. Et chaque fois, il parlera des deux *seini* que jamais il ne donnera plus ; il chantera le droit de vivre libre pour le peuple et la nation corse. Il insufflera le courage.

Et les hommes, déjà, buvaient ces paroles de braise. À voir changer leurs visages, on devinait l'effet des coups de bélier de ses rimes qui, tordant peu à peu les herses de leurs renoncements, les forçaient à retrouver un message immémorial.

Une rumeur se répandait à travers la foule, accompagnait le chant, le portait, s'accordait à ses accents de cuivre, et le chant enflait avec elle. Et cette rumeur éclata en acclamations lancées à l'adresse du vieillard, puis en appels aux armes. Tandis que les fusils arrachés aux sbires du Génois passaient de main en main, un vieux chant de guerre qu'on croyait oublié se fraya un chemin à travers les clameurs et les clameurs s'en emparèrent, et les échos le reprirent. Du hameau d'en face vibra la voix du coquillage en forme d'aile des jours d'alarme. De plus loin, le grondement d'une trompe de corne lui répondit.

La révolution des deux *seini* commençait.

Par-dessus le bronze, la rouille et la pourpre des arbres, le ciel charriait des nuages de vent. Écarlates, ils traînaient derrière eux la tempête...

Jean-Claude ROGLIANO

LA JUMENT DU DIABLE

On dit que le Diable, parfois, profite de la solitude des hommes pour envoyer sur terre ses vassaux chargés de moissonner leurs âmes. Leur tâche est sans doute plus facile lorsque, à celui éloigné de l'autre, rien ne reflète l'image de Dieu.

À Guagnu vivait autrefois un jeune berger, Orsu Maria.

Lorsqu'il gardait ses troupeaux dans la montagne, après les transhumances d'été, durant trois mois, il ne voyait presque personne si ce n'était son jeune frère qui montait régulièrement le ravitailler. Aussi se réjouissait-il du passage de voyageurs. A chacun de ses repas, il prévoyait toujours une part pour celui qui arriverait à l'improviste.

Un soir, à la fin du mois de juin, il vit venir à lui un vieil homme sur sa mule qui le salua et lui demanda l'hospitalité. Orsu Maria le pria d'entrer se reposer dans la bergerie.

Tout au long du dîner, cet hôte-là s'était montré peu loquace. Intimidé par ce visage sévère et par peur d'interrompre la méditation dans laquelle il semblait plongé, le berger se taisait lui aussi, n'osant lui demander d'où il venait ni où il se rendait.

Ce fut seulement à la fin du repas que le vieillard rompit le silence :

- Je te remercie d'avoir partagé avec moi ton repas mais il me semble aussi que nous devrions tous deux remercier le Seigneur de nous l'avoir accordé.

- Oui, sans doute, répondit le jeune homme, encore que je ne pense pas qu'il nous entende...

- Pourquoi dis-tu cela ?

- La montagne est bien près du ciel et si je suis plus près de lui que les autres hommes, il semble pourtant qu'il ne m'entende pas... Je suis si seul ici qu'il semble que même Lui m'ait oublié.

- Dieu n'oublie jamais personne : ce sont les hommes qui s'éloignent de lui et se rapprochent en cela de l'Enfer. Ne t'y laisse pas entraîner, Orsu Maria ! Je vais te mettre en garde. N'oublie jamais de prier et méfie-toi de tes rêves en juillet : tu recevras à travers eux des appels qui te damneraient si tu y prêtais attention... Pour t'en prémunir, voici un scapulaire qui te protégera du sommeil qui éloigne de Dieu.

Était-ce les paroles du vieillard qui en furent la cause ? Lui qui ne se souvenait que rarement de ses songes en fit de plus en plus fréquemment dès les premières nuits de juillet.

Il rêvait toujours de la même jeune fille. Elle ne ressemblait en rien aux filles du village. La finesse de ses traits et la douceur de son visage ne trahissaient pas plus de quinze ans, pourtant, ses cheveux étaient aussi blancs que ceux d'une vieille femme. Elle était vêtue d'une robe bleue et portait au cou une petite croix d'or. La première fois, elle ne lui adressa aucune parole et, lorsque l'aube le réveilla, il n'avait d'elle que le souvenir fugitif de son regard enfantin.

La deuxième nuit, sa croix d'or se détachait sur une tunique blanche et ses traits, cette fois, n'étaient plus ceux d'une adolescente mais d'une jeune femme. Ses cheveux blancs encadraient toujours son visage de la même façon mais son regard était plus intense. Elle se dirigeait vers lui d'une façon provocante.

À son réveil, il en eut un souvenir plus distinct, comme si la jeune fille, qui d'une nuit à l'autre avait changé d'âge, progressait du songe au réel en s'avançant vers lui.

La troisième nuit, elle lui apparut dans une luminosité verdâtre. Sa tunique, elle, était de couleur rouge.

En s'approchant un peu plus de lui, elle lui avait adressé quelques mots dans un murmure :

- J'aimerais tant que tu sois à moi...

Le berger se souvint que, cette fois, sur sa tunique, il n'y avait plus le crucifix des rêves précédents et il comprit alors que derrière tant de douceur et de beauté se cachait une créature redoutable. En même temps, il mesurait avec effroi quels efforts il lui fallait déployer pour résister à ses charmes. Il savait que, chaque nuit, il aurait à lutter contre son désir de cette femme qui se donnait à lui. Au matin il se réveillait en sueur, pétri de l'angoisse des nuits à venir. Et chaque nuit, son esprit s'engourdissait, et le brouillard verdâtre s'infiltrait sous ses paupières closes pour s'étioler en vapeurs blanches : les cheveux de la créature se dessinaient à travers elles et son être tout entier lui apparaissait. Plus belle de nuit en nuit, elle se rapprochait de plus en plus langoureusement de son corps. Il semblait alors au jeune homme que le rêve n'en était pas un et qu'elle était bien réelle. Il en fut ainsi six nuits de suite.

À l'orée de la septième nuit, il savait qu'il n'aurait plus la force de lutter. Il était brûlant de fièvre et sentait déjà son cauchemar l'envahir : il succomberait aux étreintes de la *strega*[1]. Il allait sombrer dans le sommeil lorsqu'il songea au vieillard qui l'avait mis en garde et se souvint du scapulaire qu'il lui avait donné. Avant de s'endormir il le prit et le serra contre lui.

Lorsque la créature apparut, c'est elle qui, cette fois, avait une expression de peur dans le visage, à tel point qu'Orsu Maria en fut ému : les paroles d'un vieillard vagabond auraient-elles pour lui plus d'importance que le regard triste de la jeune fille d'un rêve ? Il sentit une force nouvelle s'emparer de lui et s'approcha d'elle pour la prendre dans ses bras.

---

1. *Strega* : sorcière.

- Non, dit-elle en reculant, le scapulaire que tu portes te protège, mais tu n'auras plus à lutter contre ce désir dont tu avais peur. À présent, c'est moi qui ai à craindre mon maître...

Elle se retourna et s'éloigna de lui. Tandis que son corps s'estompait peu à peu dans la brume verte, Orsu Maria ne distingua plus d'elle que sa chevelure blanche.

Désespéré de la perdre à jamais, il se précipita pour la retenir : il tendit la main mais tout ce qu'il put agripper ce furent ses cheveux.

Entre ses doigts crispés il les tenait encore lorsqu'il ouvrit les yeux. Mais, lorsqu'il les regarda, il ne vit que des tiges d'asphodèles qu'il avait arrachées au bout du songe. Son délire l'avait conduit dans le champ au milieu duquel se trouvait sa bergerie. Seule la lumière blanche de la lune éclaboussait un peu la noirceur de la nuit. L'aube était encore loin à venir et le berger savait qu'il était délivré de ses rêves.

Quelques jours plus tard, c'est un cavalier qui lui demanda l'hospitalité pour la nuit. Fort différent de l'hôte qui l'avait précédé était ce personnage : son visage reflétait la jeunesse, avec des yeux verts et des cheveux roux qui tombaient en boucles drues sur une peau sombre. Il était richement vêtu et montait un splendide cheval blanc.

Orsu Maria se demanda pourquoi ce seigneur étranger ne se donnait pas la peine de parcourir quelques lieues de plus pour arriver à Guagnu plutôt que de passer la nuit dans une bergerie. Mais pas plus qu'à son hôte précédent, il ne posa de question : il partageait le pain et le gîte avec qui le lui demandait, qu'il fût riche ou pauvre.

Le soir tombait et le jeune homme proposa au seigneur d'attacher sa monture au-dehors. Tandis qu'il portait une botte de foin près de la bête, il entendit une voix toute proche :

- Orsu Maria !

Il se retourna mais ne vit personne.

- Orsu Maria ! reprit la voix.

Il reconnut alors celle de la jeune femme aux cheveux blancs de ses rêves. Ne voyant toujours personne, il recula.

- Attends ! ordonna la voix.

Il comprit alors que celle qui lui parlait n'était autre

que la jument de son hôte.

- Reste ! lui dit-elle, n'aie pas peur... Il faut à présent que je t'aide : sache que je suis Bianca a Turtugliola.

C'est moi que tu vis en rêve. Lorsque je t'apparus pour la première fois sous mon visage d'enfant, j'étais morte depuis déjà bien longtemps et seule ma chevelure gardait l'empreinte du temps. La deuxième nuit, tu me vis femme et séductrice, mais drapée de mon linceul. L'existence dissolue que je connus à cet âge fut en effet la cause de ma mort : l'amant que je trahis me tua et, maudite pour l'éternité, je devins la *strega*, la créature du Diable. C'est revêtue de sa couleur que je vins à toi ensuite. Mon office fut ma propre punition : devant chaque victime que j'étais chargée d'emmener à mon maître, je devais revivre le début de l'existence que je connus et mener les hommes à leur perte par mon pouvoir de séduction comme il m'a conduite moi-même à la damnation. Il en fut ainsi jusqu'à ce que je fusse chargée de corrompre ton âme. Mais, amoureuse de toi, je ne pus assez tôt me résoudre à te perdre, repoussant chaque nuit le devoir que j'avais de t'étreindre. Le vieillard qui te mit en garde n'était autre que saint Martin et, suivant ses conseils, tu sus assez longtemps repousser mes avances. Ayant par faiblesse failli à ma mission, Satan me punit une fois encore en faisant de moi son coursier.

Mon maître est ton hôte ce soir. Il se charge à présent lui-même de t'emmener avec lui. Surtout, lorsque tu serviras le repas, n'oublie pas de te signer car il ne peut prendre avec lui que ceux qui négligent leur religion.

Orsu Maria retourna auprès de son hôte. En entrant dans la pièce sombre il maîtrisa sa peur. L'Autre, attablé, fixait sur lui ses yeux d'émeraude.

- Tu as mis bien du temps, berger, aurais-tu attaché ma jument si loin de la bergerie ?

- Non Seigneur, elle est près du chêne, en face, et je lui ai apporté une botte de foin et de l'eau.

- Bien ! À nous maintenant de nous restaurer...

Orsu Maria déposa sur la table du fromage et un pain. Avant de le rompre, il le signa de la pointe de son couteau, fit lui-même le signe de croix, baissa les yeux et s'assit à son tour. N'entendant rien, il osa lever les yeux sur son hôte : il était blême. Un coup de tonnerre rompit le silence, un orage se déchaîna alors que, quelques instants plus tôt, le ciel était clair. Le visiteur se leva brusquement et courut au-dehors :

- Bianca ! hurla-t-il, c'est toi qui m'as trahi ! Cavale tu es, cavale tu resteras pour l'éternité et, puisqu'il t'est égal de galoper pour rien, je vais te donner l'occasion d'une course à laquelle tu ne survivrais pas si tu n'étais déjà damnée !

Il enfourcha la jument et l'éperonna si violemment que du sang colora sa robe. Elle bondit à travers la pluie et les éclairs. Ses sabots dévastaient tout ce qui se trouvait sur le chemin de l'Enfer. L'un d'eux, à l'approche d'un torrent, frappa si violemment un rocher qu'il s'y enfonça en formant un lac noir et profond. En poursuivant sa course, Bianca atteignit le Lancone. Elle se jeta contre la falaise et on y voit encore aujourd'hui l'empreinte de sa jambe. Enfin elle se précipita vers le mont Tritore qu'elle fracassa en trois pics de granite.

Sans doute n'étaient-ils plus très loin de l'Enfer car c'est là la dernière trace que laissa leur chevauchée.

Agnès ROGLIANO

A SIGNORA GINEBRA

Ce matin-là, quand Antone vit les Caldane toutes blanches, il n'avait pu attendre. Bien sûr, d'ici quelques jours, peut-être même avant Noël, la neige descendrait jusque sur le village, mais c'était encore bien loin pour l'impatience du petit garçon qu'il était. Et après tout, les Caldane, ce n'était pas le bout du monde !

Ses parents avaient attelé la carriole, sitôt le déjeuner fini, pour aller acheter du fourrage et faire quelques achats à la boutique du chef-lieu de canton. C'était une chance car ça voulait dire qu'ils ne seraient de retour qu'à la tombée de la nuit. Dès que la charrette avait disparu derrière le premier tournant, Antone avait pris le chemin de la montagne.

Tant qu'il avait neigé, les nuages l'avaient recouverte et, comme au théâtre, attendu pour s'ouvrir et disparaître que tout fût prêt : les troupeaux d'arbres, si peu rassurants les jours où ils étaient nus et sombres, à présent, travestis de neige et de soleil, dissipaient toute crainte et semblaient une invite à quelque fête des bois.

Dans sa hâte, il abandonnait parfois les sentiers qui serpentaient le long des versants pour s'enfoncer au milieu des fougères sèches ou se noircir les mollets dans les étendues de terre où le maquis avait brûlé. Il gravissait, haletant, des pentes de plus en plus escarpées. Mais il commençait à fouler les premières mousses, les premières feuilles mortes saupoudrées de neige, les premières plaques blanches auxquelles succédaient d'autres de plus en plus grandes pour devenir une même étendue. Et, peu à peu, il entrait dans la grande féerie.

À travers les hêtres, des vols de ramiers passaient avec leur bruit de vent, faisant tomber des branches un peu de leur poussière magique, comme s'il neigeait encore. Autour de lui s'entrecroisaient, se mêlaient les mille empreintes des bêtes de la forêt, comme autant de caresses sur la neige ; il s'amusait à en suivre quelques-unes avec l'espoir de les rejoindre, mais elles couraient se perdre dans les fourrés ou disparaissaient soudain, après une dernière trace de pattes plus appuyée par l'élan de l'envol. Par moment des merles s'envolaient d'un roncier à l'autre, comme pour l'inviter à jouer à cache-cache. Un instant, un renard flamboya.

Que tout était différent de la neige du village, belle juste le temps de se poser avant d'être salie par les hommes et les bêtes ! Le village, pas un instant, il ne s'était retourné pour le regarder. Une rangée de chênes dissimulant la vue vers le bas, pour l'apercevoir, il dut gravir encore un versant, au milieu de grosses masses de neige emperlées de houx. Une panique mêlée d'émerveillement l'envahit : ces dizaines de maisons minuscules, en enfilade sur les arêtes, c'étaient ces villages qu'il connaissait ? Et il était monté si haut ? Il repérait Campidoniu, grâce à l'à-pic où il est perché. Pour reconnaître les autres villages, il lui suffit de longer du regard le chemin qu'il surplombe. Il aperçut, grosse comme une coquille d'amande, une charrette tirée par un mulet pas plus gros qu'une mouche : c'était Lisandru qui rentrait ; il se dirigeait déjà vers l'embranchement du village. Il était curieux de ne pas entendre les pas du mulet, le crissement des essieux ni les tonitruants jurons du charretier : aucun bruit ne montait jusqu'à lui ; c'était comme si les croassements des deux corbeaux tournoyant au-dessus d'Antone, le grondement du torrent et les quelques autres bruits qui l'entouraient fondaient sur les vallées pour s'emparer des autres et les dissoudre.

Une flaque d'ombre avait débordé des vallées et, lentement, montait, s'étendait sur les maisons, gagnait la forêt. Tout à son plaisir, Antone venait seulement de se rendre compte du temps qu'il avait dû mettre pour monter jusqu'ici. S'il ne voulait pas être surpris par la nuit, il était temps de repartir.

À mesure qu'il descendait, avec la neige qui diminuait sous ses pas, sur les rochers, sur les arbres, la forêt perdait son allure de rêve. Dans la châtaigneraie, les branches n'étaient plus revêtues que d'ombres inquiétantes, comme prêtes à recevoir ces personnages des récits mille fois répétés autour du *fucone* : processions de la Confrérie des Morts dans leurs cagoules blanches, vieilles femmes hagardes qui courent dans les campagnes... Et puis il y avait Pedrone, le bandit. Trois ans plus tôt, dans le village voisin, il avait truffé de plombs le bas du dos d'un paysan qui, comme cela est courant à l'issue des procès insulaires, l'avait spolié d'un hectare de châtaigneraie grâce à la complicité des juges et, depuis, tenait le maquis. Seuls sa vieille mère et deux ou trois cousins connaissaient ses retraites et le ravitaillaient en nourriture, en poudre et en plomb. Dans toute la contrée, le respect craintif qu'il inspirait donnait peu envie de le rencontrer et on en menaçait les enfants comme on menace du loup pour les rendre plus sages. Antone aurait donné ses billes, sa guimbarde et même le cheval de bois que son père avait découpé dans une planche de hêtre, pour se retrouver devant la porte de sa maison.

En même temps que l'ombre s'épaississait, grandissait la peur de s'égarer et il se hâtait de plus en plus.

Il allait atteindre la clairière où, parmi les fougères sèches, se pelotonnaient de gros rochers à l'échine moussue quand, à l'orée des châtaigniers, il entendit un bruit de voix.

Le premier mouvement de frayeur passé, il se dit que c'étaient des bûcherons qui rentraient. Avec eux, au moins, il était sûr de ne pas se perdre. Conservant néanmoins un reste de méfiance, il s'approcha sur la pointe des pieds et écarta les dernières bruyères.

La scène qu'il découvrit le glaça jusqu'aux os : jouant avec un stylet long comme une broche, un énergumène avec une figure noiraude et pleine de poils était en train de terroriser un grand diable de colporteur qui, en bégayant, le suppliait de le laisser continuer sa route.

Le pauvre bougre se serrait contre l'encolure d'un petit âne gris chargé de deux hottes de cuir. C'était un de ces marchands qui viennent de Balagne pour vendre leur huile ou l'échanger contre de la farine ou d'autres produits de la Castagniccia. Il portait une veste de toile toute décolorée par les soleils et les pluies des longues manches et un pantalon de velours rapiécé en maints endroits. Le sentier n'étant pas trop mauvais, il avait ôté ses grosses chaussures pour en retarder l'usure et les gardait reliées par les lacets de part et d'autre de son cou. Il avait le visage allongé de son compagnon de voyage et de gros yeux que la peur tenait écarquillés. Un peu plus court sur pattes, le gredin, lui, eût été presque comique sans ses petits yeux méchants sur lesquels débordaient d'énormes sourcils. Ses vêtements, en meilleur état que ceux de sa victime, étaient un peu grands pour lui : la veste, trop large, lui faisait des épaules tombantes et il avait dû retrousser son pantalon dont le fond flottait quelque peu. Il avait une voix terrible :

- Maintenant, fini de geindre ! Si tu crois que ces quatre sous vont me suffire... Allez ! Lâche cette bride !

- Mais co... co... comment je vais ga... gagner ma vie ?

- Tu ferais comme les *rimidi*[1]. Eux aussi, ils voyagent beaucoup : ça ne te changera pas. Et en ricanant il ajouta : Pour ça, tu n'as besoin ni d'âne ni de marchandises : tu dis des prières et tu tends la main.

- Mais...

La fripouille arracha les souliers du cou du malheureux :

- Les miens ont fait leur temps.

Puis il pointa le stylet sur son ventre :

- Écoute. Maintenant, tu vas filer. Et surtout, souviens-toi d'une chose : il ne serait pas bon que tu ailles te plaindre aux gendarmes, car les gendarmes, s'il y a trois ans qu'ils me cherchent, moi, je ne mettrai pas tout ce temps pour te retrouver... Et puis les gendarmes, ce sont plutôt eux qui ont peur de moi, parce que moi - et il prit un air encore plus féroce - je suis Pedrone !

Pedrone à quelques pas de lui ! et qui allait peut-être le surprendre derrière ces buissons... Avec toute l'énergie que la terreur lui donnait, Antone se jeta dans une fuite éperdue. Il courait droit devant lui, sans plus savoir où il allait, glissait sur les pierres, tombait, s'élançait de nouveau. Les ronces le griffaient au passage, les buissons le renvoyaient de l'un à l'autre... Et soudain, il s'abattit contre une longue forme sombre qui lui barrait le chemin.

---

1. *Rímidi* : vagabonds qui récitaient des prières à l'intention de ceux qui leur donnaient quelques sous.

Pantelant, il s'empêtrait dans un flot d'étoffe noire tandis que deux mains vigoureuses lui serraient les épaules.

C'était fini ; il avait réussi à échapper à Pedrone pour tomber entre les griffes d'une sorcière... Ses jambes se dérobaient sous lui et il serait tombé si elle l'avait lâché.

- Eh là ! Doucement ! Tu as le Diable à tes trousses, pour courir comme ça ?

C'était une voix formidable, mais le ton n'avait rien de méchant. Antone regarda les mains : c'étaient des mains toutes ridées aux doigts blancs. Ils n'avaient pas d'ongles crochus : c'était déjà une chance... Il se risqua à lever la tête : c'était une très vieille femme, vêtue de noir comme les vieilles du village, mais avec une espèce de majesté en plus, et puis grande, au moins aussi grande que Mustaccione, le forgeron qui « passait tout juste sous les portes ». Ce fut le bon regard de ses yeux d'acier bleu qui finit de le rassurer.

- Eh bien ! Ce n'est pas une heure pour les enfants à courir comme ça dans les bois. Que t'est-il arrivé ? Raconte-moi !

Quand il eut repris son souffle, il lui dit qui il était, raconta son escapade, la rencontre de Pedrone dévalisant le colporteur... Justement, le voilà qui arrivait, tête basse, les épaules voûtées et, d'une voix larmoyante, maudissant son agresseur et se maudissant lui-même d'avoir emprunté ce raccourci.

- Alors, comme ça, tu es tombé sur Pedrone ! lui dit la vieille femme.

- Je suis ruiné... Je suis ruiné... répétait le pauvre homme.

- Et par où est-il parti ?

De la main, il lui indiqua la hêtraie, là où commençait la neige.

- Eh bien, il est temps d'y aller, si tu veux retrouver ton âne et le reste.

L'autre eut un haut-le-corps : cette vieille était folle ! D'ailleurs, pour courir les bois au crépuscule...

- Et puis cesse de te lamenter comme une *voceratrice*[2] ! poursuivit-elle. Allez ! En route !

Et, sans ménagement, elle le poussa en avant.

Il existait déjà peu de femmes ayant une telle autorité sur les hommes. Quel diable de femme était-ce pour se jeter à la poursuite d'un être aussi redoutable que Pedrone ? Mais le plus étrange était qu'avec sa main dans la sienne, Antone n'avait plus peur.

- Alors, tu es le petit-fils de Maria-Felice, lui dit-elle, ça me ferait bien plaisir de la revoir, depuis le temps qu'elle n'est plus revenue au village... Et puis, ajouta-t-elle, en grossissant le ton, je lui dirai quel coquin tu es, de partir tout seul dans la montagne !

Ainsi c'était une amie de sa grand-mère. Elles se ressemblaient tant qu'il lui semblait qu'il ne pouvait en être autrement : cette même démarche

2. *Voceratrice* : femme qui, en cas de mort accidentelle ou d'assassinat, improvisait un chant funèbre auprès du défunt.

raide, ce même visage ridé sous le *mezzaru*[3], avec ce regard doux et sévère à la fois, cette même fermeté contenue dans l'avarice de mots et de gestes et, dans l'austère robe noire, cette même allure de grandes dames...

Ils avaient dépassé les derniers châtaigniers. La neige donnait une clarté livide à la hêtraie. Il fut facile de repérer les traces de pas et, bientôt, de rejoindre le terrible Pedrone : il était en train de se démener pour faire avancer l'âne qui ne voulait rien entendre. Les coups de pied, de bâton et les jurons pleuvaient en vain.

La vieille femme partit en avant. Tout affairé qu'il était, il ne la vit que quand elle fut à deux pas de lui. Il en resta figé de surprise.

- Il veut peut-être rejoindre son maître !

Elle s'approcha et lui arracha la bride des mains.

Elle le dépassait d'une bonne tête.

Loin de résister, il recula craintivement. À la vue du colporteur qui la rejoignait, sa frayeur se mua en panique :

- Écoutez, Signora Ginebra, je vais vous expliquer...

Il la connaissait et c'est lui qui avait peur !

- Tu vas m'expliquer quoi ? Que tu as essayé de dévaliser un pauvre homme en te faisant passer pour autre chose qu'un poltron malfaisant ?

Pedrone, insulté de la sorte par une vieille grand-mère !

3. *Mezzaru* : foulard que portaient les femmes.

- O *mullizzu ! Canailla !* [4] criait le colporteur, enhardi par ce revirement.

- Rends-lui son argent !

Pedrone s'exécuta prestement.

- Les souliers aussi !

- Mais j'ai jeté les miens ! implorait-il.

- Ça te fera les pieds !

Pendant qu'il se déchaussait, Antone la voyait qui jetait un regard tantôt sur le pantalon rapiécé du colporteur, tantôt sur celui du gredin :

- Ce pantalon, tu as dû le voler aussi pour qu'il t'aille si mal. Donne-le-lui !

- Mais qu'est-ce que je vais devenir, je vais crever de froid...

Fouillant un instant dans ses innombrables jupons, elle brandit un énorme pistolet :

- Si tu préfères crever de ça !

En un rien de temps, l'autre apparut dans un invraisemblable caleçon de flanelle.

- Maintenant, je vais compter jusqu'à dix. Si après tu n'as pas disparu...

Et elle agita le pistolet d'une manière fort significative.

Notre Pedrone ne se le fit pas dire deux fois. Il se mit à détaler vers les fourrés les plus proches.

A Signora Ginebra le regardait s'éloigner, l'ébauche d'un sourire au coin des lèvres. Soudain, elle leva son arme vers le ciel et une détonation secoua la forêt. Des palombes perchées pour la nuit

4. *O mullizu ! Canailla !* : injures.

s'enfuirent dans un grand froissement de plumes et de rameaux ; se détachant d'un hêtre, un paquet de neige tomba sur le colporteur et le bourricot tira un pet de surprise.

A Signora Ginebra regardait avec un air de grande satisfaction notre fripouille en caleçon, fuyant comme le Diable à la vue d'une croix et faisant des sauts de grenouille à chaque bogue qui lui piquait les orteils.

Il ne restait plus qu'à s'en retourner.

Ginebra souleva Antone comme un fétu et le déposa sur le bât du petit âne, entre les deux hottes, puis, après un « Hue ! » auquel l'animal ne résista pas, elle se mit à cheminer devant, en compagnie du colporteur.

À travers les châtaigniers se mettaient à éclore les premières lueurs du village et les premières étoiles.

Remis de ses émotions, le colporteur n'arrêtait pas de parler. Contrairement à ce qu'Antone avait cru, ce n'était pas de peur qu'il bégayait tout à l'heure, puisque, à présent, il continuait de bégayer autant.

Maintenant que tout danger était écarté, Antone se réjouissait à l'idée de raconter son aventure aux galopins avec lesquels il était censé avoir joué tout l'après-midi. Et il n'était pas peu fier : au fond, c'était grâce à lui - en tout cas, grâce à son escapade - que tout était rentré dans l'ordre...

Ils étaient arrivés au village.

Le colporteur allait se mettre en quête du cabaret où, après quelques bons verres, devant un parterre de buveurs aux trognes attentives, sa mésaventure prendrait une allure d'épopée.

Antone avait sauté à terre pour regagner la maison.

Comme l'homme la remerciait encore, a Signora Ginebra lui dit :

- Et surtout, toi, ne va pas raconter partout que c'est Pedrone qui a essayé de te détrousser : Pedrone n'a jamais volé personne et, s'il est au maquis, c'est au contraire parce que c'est lui qu'on a volé. Et toi, petit, si tu le rencontrais, tu n'aurais rien à craindre.

- Mais alors, l'autre, qui c'était ? demandèrent en chœur le colporteur et l'enfant.

- Un vagabond qui passe quelquefois dans la région et qui croyait faire une bonne affaire - son regard et le ton de sa voix se durcirent- en se faisant passer pour mon fils.

Jean-Claude ROGLIANO

A SPOSATA

Milena avait dix-sept ans et elle avait toujours vécu avec sa mère dans une maison un peu à l'écart du village, sur le chemin qui menait à un immense plateau rocheux. Elle n'avait jamais connu son père, mort alors qu'elle n'avait pas deux ans.

Sa mère devait subvenir seule à tous leurs besoins : outre les travaux de ménage, il fallait traire les brebis, les tondre à l'approche des premières chaleurs, carder la laine, ramasser les olives en novembre et les porter au moulin.

Elle aurait pu se consoler d'une vie aussi rude à voir Milena devenir plus belle chaque jour, si le caractère de sa fille n'était pas une cause de souci. Bien plus que son obstination à refuser de l'aider dans aucune tâche quotidienne, c'était de savoir combien elle était détestée dans le village qui la désespérait.

Milena avait pour lointaine aïeule une comtesse dont les descendants avaient toujours gardé le caractère hautain et on disait que, ruiné à force de vivre dans un luxe tapageur, son père lui avait laissé pour tout héritage son orgueil et sa sécheresse de cœur.

C'est vrai qu'elle était très belle : des cheveux dorés lui encadraient un visage régulier et la luminosité de ses yeux mauves faisait oublier la dureté de son regard. Elle aimait faire remarquer combien sa peau était blanche. Elle en prenait grand soin, se risquant rarement à sortir les jours de grand froid par crainte de gerçures et évitant le soleil de juillet pour ne pas prendre le teint mat des autres villageoises. Cette blancheur se remarquait surtout à ses mains. Ne pas les abîmer était le prétexte qu'elle donnait aux jeunes filles du village pour ne participer à aucun travail. Elle ne manquait jamais de leur faire remarquer que nulle autre qu'elle n'en avait d'aussi jolies et que c'était sans doute au sang noble qui coulait dans ses veines qu'elle devait cela.

Les autres s'en moquaient et Milena soutenait rageusement qu'elles ne seraient jamais que des épouses de paysans alors qu'un homme de son rang saurait un jour reconnaître sa valeur et l'emporterait avec lui.

Si l'on méprisait la fille, ce n'était pas le cas pour la mère : par son courage et sa dignité dans le labeur, elle avait su gagner l'estime de tous. On la respectait surtout par sa science des herbes avec lesquelles elle confectionnait des tisanes qui remédiaient à bien des maux. On l'appelait *a Signora* Maria Madessa. On la craignait aussi car on la disait un peu sorcière et quand, faisant s'égoutter et durcir le plomb fondu dans l'eau d'une écuelle, elle signait les vers pour en débarrasser un enfant ou un animal, la fixité de son regard faisait peur. Il semblait alors que le Diable lui-même ne pouvait soutenir ce regard et que c'était cela plus que les prières qui le chassait alors loin des hommes.

Les médisances arrivaient souvent aux oreilles de la mère. Elle essayait alors de convertir sa fille à plus de douceur et d'amabilité et allait même parfois jusqu'à lui demander de l'aider un peu, au moins pour arrêter les commérages.

- A *mio fîgliola*[1], lui disait-elle, tu auras bientôt dix- huit ans. Mais aussi jolie que tu sois, quel mari voudra d'une femme de ton caractère et qui, surtout, ne sait rien faire à la maison ? Tu devrais au moins participer avec moi au cardage de la laine ou, du moins, être attentive à la manière dont je confectionne certains plats...

- Tu n'y penses pas ! répondait l'autre. Celui que j'attends ne me choisira pas pour le talent que j'aurais à récurer des casseroles et à éplucher des légumes ! Il saura reconnaître en moi l'allure de l'aïeule de mon père.

Elle terminait toujours par ces dernières paroles qu'elle ponctuait d'un sourire ironique, sous-entendant ainsi que tout ce que sa mère lui apportait était bien peu de chose auprès de l'héritage d'un père qu'elle n'avait pas connu. *A Signora* Madessa, alors, pleurait toute seule, n'osant confier à personne cette souffrance.

Un matin de janvier, le village s'était réveillé sous un soleil qui ne semblait vouloir anéantir les alchimies des gelées de la nuit. La lumière qu'il prodi-

1. *A mio figliola* : ma fille.

guait donna envie à Milena d'accomplir une promenade. Comme elle avait laissé le vent lui voler son châle de laine, elle s'emmitoufla dans celui de sa mère.

A Signora Madessa la regarda s'éloigner en soupirant : elle avait pris le seul vêtement vraiment chaud qu'il restait encore et elle-même ne pouvait se risquer à sortir sans être assez couverte.

Si seulement Milena se chargeait elle-même de ramener du bois, se disait-elle sans y croire...

A sa grande surprise, sa fille revint avec sur la tête un petit fagot de bruyères.

- Cela nous suffira aujourd'hui, je retournerai demain en ramasser encore.

Comme elle l'avait annoncé, les jours qui suivirent

Milena partait chaque matin et ramenait le bois nécessaire pour la journée. Sa mère se réjouissait de voir qu'elle daignait enfin l'aider un peu. Mais elle qui espérait un réel changement, dut bien vite se rendre à l'évidence : sa fille restait toujours aussi froide et hautaine.

Elle comprit la raison de ce zèle quand Milena lui révéla que, ce matin où il faisait si froid, elle avait rencontré un gentilhomme, Lucianu de Tellano, alors qu'il chassait. C'était le fils du seigneur de la Cinarca.

Depuis, avec le prétexte d'aller ramasser du bois, elle retrouvait tous les jours et lui, éperdument épris, viendrait bientôt la demander en mariage.

Alors, partagée entre la tristesse d'apprendre qu'elle serait bientôt seule et la fierté de savoir que sa fille allait devenir la dame de la Cinarca, elle s'activa à travers la petite maison pour rassembler dans une malle tout ce qui pouvait constituer sa dot.

Elle lui donna du linge brodé qu'elle avait soigneusement conservé, des ustensiles de cuivre, et lui remit cérémonieusement un médaillon d'argent qu'elle tenait de sa mère.

J'attendais ce moment pour te le donner, Milena, ta dot n'est hélas pas bien importante, mais tu auras au moins ce bijou.

- Il n'y a pas grand-chose en effet, répondit-elle en lui arrachant presque l'objet de sa main. Si tu avais su mieux gérer ce que nous avait laissé mon père, j'arriverais à la Cinarca avec autre chose qu'un trousseau de paysanne. Ce médaillon ne doit pas avoir une grande valeur. Puisque tu me donnes si peu, je prendrai dans la maison tout ce qui pourra donner l'illusion que je ne vivais pas dans la misère.

Ces paroles touchèrent douloureusement la veuve : certes, elles ne vivaient pas dans l'opulence mais elles n'avaient jamais manqué de rien.

- Le seigneur qui te demande en mariage ne t'épouse pas pour ta dot, elle ne représente rien pour lui et le trousseau que je t'ai préparé est bien suffisant au respect de nos coutumes.

- Suffisant...

Maria vit alors sa fille rassembler tous les objets dont elle se servait chaque jour et que sans doute Milena, elle, touchait pour la première fois. Les ustensiles de cuisine, la lampe à huile, le battoir...

Tout cela défilait dans les mains de la fiancée qui les déposait dans de grands paniers.

La veuve soupira, Milena n'aurait aucun besoin de tout ce qu'elle entassait une fois arrivée dans sa riche demeure, mais Maria ne voulait pas gâcher le bonheur de sa fille et la laissa faire.

La cérémonie du mariage avait été célébrée à la hâte, dans une église presque vide : Milena ne souhaitait pas la présence de ces villageois qui la méprisaient et elle était impatiente de quitter ces lieux où tout lui rappelait sa pauvreté. Pour elle, la fête commencerait seulement sitôt franchie l'entrée de ce château qui, désormais, serait sien.

En quittant l'église, le cortège avait fait un détour par sa maison pour que les serviteurs chargent sur les mulets la malle du trousseau et les paniers. Pour que nul ne vît qu'ils ne contenaient que des objets sans valeur, Milena les avait recouverts de draps tissés par sa mère, prenant soin de mettre les broderies en évidence.

Sur le seuil de sa maison vide, Maria Madessa assistait au départ de sa fille. Milena l'avait embrassée sans chaleur et avait rejoint Lucianu.

Tous deux montaient des chevaux noirs, superbement harnachés, et une nombreuse escorte composée des amis du seigneur les entourait. Déjà, le cortège repartait en direction de la Cinarca.

La veuve imaginait sa fille arrivant au château et son époux lui en remettant les clefs ainsi que la quenouille enrubannée symbolisant la nombreuse descendance qu'ils souhaitaient. Elle qui avait été si fière qu'un seigneur demande sa fille en mariage, se rendait compte à présent qu'elle ne la reverrait plus jamais. Milena l'avait abandonnée après lui avoir tout pris jusqu'au moindre souvenir. Elle n'avait fait cela que par vanité, sans se soucier de savoir ce qu'allait devenir celle qui s'était sacrifiée pour son bonheur. Mais devant les villageois qui assistaient au départ, rien ne trahit sa douleur et elle ne laissa couler ses larmes que lorsqu'elle eut fermé sa porte derrière elle.

Le cortège approchait du grand plateau. Depuis son départ, Milena avait l'air songeur. Lucianu s'en inquiéta :

- Y aurait-il quelque chose qui te contrarie ? Lui demanda-t-il. Aurais-je prononcé une parole blessante sans le vouloir ?

Milena soupira :

- Oh non ! Mais je crois avoir oublié quelque chose...

Lucianu donna l'ordre que l'on fasse une halte :

- Il suffit de regarder...

Milena et son mari descendirent de cheval. Lucianu ordonna alors que l'on détache les paniers des mulets.

Elle passa de l'un à l'autre, soulevant les draps.

Quand elle eut fini son inspection, elle s'écria :

- Ma mère s'est servie hier du racloir du pétrin. Elle ne l'a pas remis à sa place et c'est cet objet que j'ai oublié.

Lucianu voulut rassurer sa femme :

- Qu'importe un vulgaire racloir dont tu n'auras même pas besoin, pas plus que de n'importe lequel de ces objets !

Milena se sentit offensée. D'autant plus qu'elle avait surpris sur le visage des amis de son mari et même de quelques domestiques l'ébauche d'un sourire. On avait donc si peu d'égards pour la nouvelle maîtresse de la Cinarca ?

- Ce racloir me revient ! Je veux celui-là et aucun autre !

- Je ne saurais te faire de la peine... Saveriu ! appela-t-il.

Un serviteur s'avança aussitôt.

- Retourne à Murzo et demande à la Signora Madessa le racloir du pétrin que sa fille a oublié.

Devant l'air à la fois étonné et contrit du serviteur d'avoir à refaire tout le trajet en sens inverse pour un caprice, Lucianu ajouta :

- Tu apprendras ainsi que tu as à obéir aux moindres désirs de ta maîtresse.

Le temps était clair mais il avait neigé toute la nuit ; il faisait froid... Saveriu rebroussa chemin en maugréant.

Il ne tarda pas à rejoindre Murzo. Il frappa à la porte de la veuve. Dès qu'elle ouvrit, elle reconnut le serviteur de son gendre. Elle s'imagina aussitôt que le remords s'était emparé de sa fille et qu'elle l'avait chargé de la conduire elle aussi au château pour prendre part aux réjouissances. À son sourire, Saveriu se rendit compte de sa méprise et baissa les yeux.

- Signora Madessa, bafouilla-t-il embarrassé, votre fille... elle a oublié un objet qu'elle m'envoie quérir... le racloir d'un pétrin et je...

Il n'acheva pas sa phrase : la veuve était sortie sur le seuil en le bousculant au passage. Elle regardait du côté du grand plateau. Le soleil sur la neige était éblouissant et le cortège se profilait dans la lumière. On distinguait nettement les chevaux noirs de Lucianu et de sa femme. Maintenant, plus aucune larme ne brillait dans les yeux de la mère de Milena.

- Tu veux m'enlever la dernière chose qui puisse encore m'aider à vivre ! hurla-t-elle.

Quand Saveriu sortit à son tour, *a Signora* Madessa posa son regard sur lui ; il était plein de haine, et si pénétrant que le serviteur en resta figé de stupeur. La veuve se tourna à nouveau vers le cortège.

- Mauvaise fille ! Que ta méchanceté te change en pierre !...

À peine s'était-elle détournée que le ciel s'assombrit et qu'une tornade, d'une violence telle que personne n'en avait jamais connu en ces lieux, effaça le paysage.

Lorsque le soleil réapparut, le grand plateau n'existait plus.

À la place s'étire un cortège de roches grises. En hiver, la neige qui accroche un voile sur celui qui ressemble à une femme à cheval, rappelle que l'épousée n'a jamais atteint la Cinarca.

Agnès ROGLIANO

ORS'ANTO' ET LES PANDORES

Ce dimanche-là, c'était la foire, au col de Pratu, et on avait permis à Santu d'accompagner Ors'Anto'.

Ors'Anto'... Porté par le bonhomme, c'était à la fois un nom et un surnom ! De l'ours, en effet, il avait la force, la rudesse et parfois même le rugissement. En outre, rouge de trogne et noir de regard, il était pourvu d'un nez auprès duquel les faux nez de mi-carême, énormes et violacés, eussent été de pâles imitations.

Ils étaient partis à l'aube, et Turcu, le mulet, allait trottant, tout empanaché de queues de renards, environné de la musique des grelots et des mouches.

Aux endroits les plus ravinés par les pluies d'hiver où le chemin semblait se secouer pour s'en débarrasser, la voiture, tremblant et geignant de toute sa carcasse, se mettait à hoqueter comme de peur. On entendait alors, sous la banquette, s'entrechoquer les bibelots qu'Ors'Anto' allait vendre dans les foires. Car il fallait dire qu'Ors'Anto' était un artiste. Charretier de son état, l'été venu, il transformait sa charrette en calèche pour transporter de leur hôtel aux eaux d'Orezza les curistes qui logeaient dans les villages environnants. Dans ses pérégrinations, il recueillait les plus belles souches de bruyères et les plus belles branches d'olivier. Il les faisait sécher longuement à l'ombre, puis il en choisissait une et la tournait et la retournait dans sa main jusqu'à ce que se produise le coup de foudre entre la fibre et son imagination créatrice, et l'on ne savait finalement pas qui, du bois ou de l'homme, avait décidé de la nature de l'objet qui émergeait de la masse brute. Un troisième élément intervenait pourtant dans l'inspiration du charretier que l'on ne pouvait nommer autrement qu'un sens commercial hautement développé. Car tous les objets qu'il fabriquait avaient une destination utilitaire bien précise qui allait du casse-noisettes à la pipe, du rond de serviette au tire-bouchon, du bougeoir au plateau à fromage.

C'est ainsi qu'Ors'Anto' occupait ses loisirs, arrondissait son pécule et suscitait l'admiration de Santu. Lui-même avait pris l'enfant en sympathie et, depuis longtemps, son air bourru et sa voix caverneuse ne l'intimidaient plus.

D'une famille d'exilés comme c'est le cas de beaucoup d'insulaires, c'était le premier été où Santu découvrait son village et il ne savait pas encore parler corse. Ors'Anto' avait entrepris de lui en apprendre les premiers rudiments. En même temps qu'il lui indiquait les lieux où avaient pris naissance les révoltes contre les Génois, où s'étaient livrées les escarmouches et les batailles contre ces occupants et quelques autres, ce matin-là, il lui faisait répéter après lui le nom de tous les oiseaux, les arbres et les fleurs qu'ils rencontraient. Des arpèges de mots savoureux aux nuances infinies dont l'acidité, la rugosité ou la tendresse s'accordaient à ce monde découvert depuis quelques jours à peine. C'est ainsi qu'à chaque tour de roue, un paysan illettré qui maniait la concordance des temps avec un naturel dont ses professeurs de français auraient été incapables, à un petit garçon revenu de l'autre côté de la mer, faisait retrouver sa langue et sa terre.

Quelquefois, pourtant, à une embardée trop brutale ou à un caprice de la bête, Ors'Anto' égrenait, toujours dans le même ordre, une série impressionnante de paroles qu'il refusait obstinément de traduire. Santu déduisait avec respect qu'il s'agissait de formules incantatoires destinées à conjurer le mauvais sort. Ils en avaient bien besoin, sur cette route un peu folle, avec ses brusques tours et détours, ses plongées vertigineuses et son obstination à longer des précipices mugissant d'eaux furieuses, à les franchir sur des ponts si vieux que seule l'étreinte du lierre semblait empêcher de crouler.

Ils étaient encore à une heure du col et le soleil était déjà haut. Après quelques gros dos, la route se faisait plus douce.

Ors'Anto' relâcha les rênes. D'une musette affalée à ses pieds, il tira une miche, une saucisse, et ils se mirent « à table ». Le mulet, livré à lui-même, avait ralenti son allure. Du crochet planté dans une ridelle, le charretier détacha une gourde patinée.

L'élevant au- dessus de sa tête, il en fit jaillir un jet de vin qu'il but sans en perdre une goutte. Puis il tendit la gourde à Santu.

Tout fier de boire du vin comme un homme, Santu essaya de l'imiter en renversant la tête en arrière, avalant de travers le peu de vin qui ne lui coula pas dans le cou.

Ils venaient de dépasser un troupeau de chèvres quand ils aperçurent, au loin, deux gendarmes marchant côte à côte, traînant la jambe.

Quand ils les eurent rejoints, ils firent signe à Ors'Anto' de s'arrêter

Le charretier tira sur les rênes :

- Allez, montez !

- Vous tombez bien, dit l'un d'eux en s'épongeant le front, avec ce soleil, le chemin commençait à être long.

Les gendarmes et Ors'Anto' s'étaient mis à bavarder, parlant de la sécheresse, de l'abondance des curistes cette saison, des villages que leurs habitants désertaient un peu plus chaque année.

Le plus âgé était grassouillet, avec dans ses petits yeux un regard qui avait 1'air de toujours suspecter quelqu'un. Sa peau blanche, luisante, et sa moustache tombante et pauvre en poils, lui donnaient un air de phoque grincheux. Affecté depuis peu dans l'île, son accent pointu tranchait avec celui de son compagnon, natif du canton. Il se mêlait peu à la conversation, comme s'il observait une prudente réserve ou s'il attendait d'en savoir davantage pour confondre ses interlocuteurs.

L'autre avait un nez en bec d'aigle et aussi un peu le regard. Il avait l'accent de la montagne et il émaillait ses propos d'expressions corses quand il s'adressait à Ors'Anto'. A l'inverse de son chef, il parlait autant qu'une brigade.

À un cahot, la musette s'entrebâilla, laissant apparaître le saucisson, tandis que, suspendue à son crochet, la gourde se mit à se balancer avec plus d'insistance. Tout en causant, les gendarmes lorgnaient de plus en plus dans leur direction.

Avec l'air de ne s'être aperçu de rien, Ors'Anto' leur dit :

- Que diriez-vous d'un petit casse-croûte ?

Le chef refusa poliment.

- Pendant le service... murmura l'autre, faiblement, sans quitter la gourde des yeux.

Mais Ors'Anto' déjà la leur tendait, sortait le pain et découpait le saucisson.

Le col n'était pas loin. Déjà, on entendait les coups de fusil du tir au coq.

- Les chasseurs à la manque commencent tôt avec leur volaille, dit Ors'Anto'. On dirait qu'il y a déjà beaucoup de monde.

De l'autre côté du col, les charrettes les rejoignaient dans un concert de grelots et de claquements de fouets.

Peintes en vert, en gris, certaines d'un jaune vif, plus crissant que leurs essieux, il y en avait des petites toutes en roues, des grandes brinquebalantes portant, serrées comme des bottes de radis, des familles entières en habits de fête. En les croisant sur le terre-plein où ils devaient dételer, 0rs'Anto', qui connaissait tout le monde, les saluait en levant son fouet.

Ils étaient presque arrivés quand soudain le chef lui mit la main sur l'épaule :

- Dites, l'ami, votre charrette n'a pas de lanterne.

- Bah ! j'en avais bien une, mais elle m'a été arrachée en passant trop près d'un mur, un soir où nous avions fêté le huit septembre. J'avais voulu passer par une ruelle trop étroite et...

- Vous auriez dû la remplacer aussitôt.

- Eh bien, répondit Ors'Anto' sur le ton de ce qu'il croyait être une plaisanterie, j'en achèterai une à la foire si j'arrive à gagner un peu d'argent.

- En attendant, je suis obligé de vous dresser procès-verbal.

Décidément, le gendarme ne plaisantait pas.

Ors'Anto' blêmit. Une grosse veine saillit sur sa tempe. Ses mains se mirent à trembler. Ses yeux luisaient de rage :

- Et vous me dites ça avec encore dans la bouche le goût de mon vin !

Ses poings énormes se crispaient :

- Si c'était pas le respect du galon...

C'est alors que l'autre gendarme intervint :

- Ça suffit ! cria-t-il sèchement à Ors'Anto'.

Puis, l'index menaçant, les sourcils froncés, il lui cria en corse une phrase que Santu ne comprit pas.

Le chef ne comprit pas davantage mais opina du képi.

Le ton était si dur qu'Ors'Anto' se calma sur-le-champ. Quel avertissement avait-il dû recevoir pour se soumettre si vite, après une telle fureur ?

C'est presque sur un ton larmoyant qu'il dit au gendarme :

- Brigadier, je ne suis pas riche ! Vous n'allez pas me faire payer une amende pour ça. Qu'est-ce que je vais prendre de ma femme ! (Il était célibataire endurci.) La lanterne, je vais l'acheter tout de suite !

- J'applique le règlement, répondit le chef, inflexible.

À l'entrée de la foire, les charrettes étaient alignées le cul par terre, les bras au ciel. Des paysans ceints de flanelle écarlate, avec des gilets gravés de bêtes, avaient envahi le parc à bestiaux. Les plus riches arboraient sur le ventre la grosse chaîne en argent de leurs « oignons ». Beaucoup portaient un mouchoir noué autour du cou et leur coiffure laissait deviner leur provenance ou leur état : les bergers du San Pedrone portaient des bonnets en poil de chèvre, les éleveurs de la plaine, des feutres larges comme des ombrelles, les maquignons avaient adopté le chapeau des *pinzutti* qui jurait un peu avec leurs habits de velours.

Des forains mettaient la dernière main à leurs baraques de buis et à leurs étals où l'on trouvait des formes à fromage de jonc tressé, de grands seaux à lait, des chaudrons de cuivre, des rouleaux de corde en poil de chèvre ou de velours côtelé que les paysannes venaient palper avec circonspection ; d'autres, avec des planches et des tréteaux, dressaient des tables et des bancs où, après les affaires, on s'installerait pour boire et se livrer aux joutes oratoires du *chiam'e rispondi* et, par ces chants improvisés, s'affronter durant des heures entières, sans faillir d'un pied ni d'une rime.

Ors'Anto' arrêta la carriole et sauta à terre. Au grand étonnement de Santu, toute trace de colère avait disparu. Le charretier semblait même avoir du mal à conserver sa mine renfrognée de tous les jours.

- Vos papiers, dit le brigadier.

Le charretier tira de la poche de sa veste quelques papiers jaunis et les lui tendit avec humilité.

Après les avoir « épluchés » comme s'il espérait ne pas les trouver en règle, le gendarme les lui rendit.

- L'amande est de vingt francs, dit-il.

Alors, avec un sourire noir, 0rs'Anto' lui répondit :

- Et pour vous, le voyage en coûtera trente-cinq...

Vous me devez donc quinze francs ! Le casse-croûte, je vous l'offre.

Et il tendit sa main ouverte.

Les traits du gendarme se figèrent. Sa grimace trahissait une surprise amère.

Il paya sans dire un mot.

L'autre gendarme n'en finissait pas de fouiller dans ses poches.

- Nous nous retrouverons et vous me paierez plus tard, lui dit 0rs'Anto' sur le ton de quelqu'un pressé de vaquer à ses occupations, et Santu, stupéfait, le surprit à lui adresser un clin d'œil.

Le charretier et l'enfant se dirigèrent vers le terre-plein où étaient rangées les charrettes et où, le long d'une barrière, étaient alignés les animaux qui les tiraient. Un peu plus loin, brayant, beuglant, grognant, hennissant, bêlant, étaient parqués ceux qui attendaient preneur. Excités par les va-et-vient de la foule, des taurillons secouaient les arbres auxquels ils étaient attachés par les cornes. Les paysans passaient d'une bête à l'autre. Des doigts experts troussaient des babines, tâtaient des encolures ou des croupes. À l'âpreté des discussions avares de mots, entrecoupées de silences méditatifs, s'opposait la tonitruance des rituels de protestations ponctuées de gestes de moulins à vent. Le troc se pratiquait encore et tel berger du Niolu qui arrivait avec un superbe bélier repartait flanqué d'une truie dont la hure massive et embroussaillée de soies noires ne laissait aucun doute sur les relations que devaient entretenir ses ancêtres avec les sangliers ; tel muletier de l'Ascu poussait trois chevrettes vers un étal où il tenterait de les échanger contre un bât de Polverosu.

Tout en dételant le mulet, Ors'Anto' sifflotait allégrement. De temps à autres, il jetait un coup d'œil à la foule qui grossissait de minute en minute.

- Les affaires vont aller aujourd'hui, dit-il et, avec une voix malicieuse, faisant tinter dans sa poche les pièces du gendarme, il ajouta : Elles ont même l'air d'avoir bien commencé...

Mais Santu, dévoré de curiosité, pensait à l'autre gendarme : pourquoi diable Ors'Anto' n'avait-il pas voulu de son argent ? C'était pourtant lui qui lui avait parlé le plus durement ! Il n'avait pas compris les paroles mais le ton, le regard et le doigt menaçant avaient été suffisamment éloquents !

N'y tenant plus, Santu demanda à son ami :

- Dis, Ors'Anto', pourquoi tu n'as pas fait payer l'autre ?

0rs'Anto' prit le temps d'attacher solidement le mulet à la barrière.

- Tu n'as pas compris ce qu'il m'a dit en corse, quand il a pris cet air si méchant ?

- Non.

- Eh bien, il m'a dit : « Fais-lui payer le voyage ! »

Et plus d'une bête sursauta, surprise par l'ouragan de son rire.

Jean-Claude ROGLIANO

ET LA NUIT POUR VOYAGE

Pour arrêter leur chariot, Timante et Corbone avaient attendu le soir.

A travers les fourrés, les arbres nus, se glissaient les gémissements, les souffles, les murmures du silence nocturne.

Demain, quand ils atteindraient la ville, ils interrompraient leur errance, le temps de se rendre chez Umberto, le Calabrais, au fond de l'impasse où il menait son négoce, dans cette salle à demi souterraine où l'on pouvait acheter ou vendre les choses les plus banales ou les plus inattendues. Le chariot était plein à craquer des pillages d'une saison et, comme à l'accoutumée, Umberto paierait sans poser de questions. Après, ils iraient chercher les filles et se soûler dans les bouges des vieux quartiers.

Cette fois, c'étaient les visites des cimetières qui s'étaient avérées les plus fructueuses : ils ne comptaient plus les vases, les fleurs en pierre, les chandeliers... Et surtout, ils possédaient huit croix de fer, finement forgées, des croix de riches, arrachées à des tombes toutes fraîches.

Tous deux portaient des vêtements décolorés par les soleils et les pluies de la route. Corbone était un bonhomme trapu aux grosses mains velues. Sous son crâne chauve, sa figure était tout en mâchoires, avec des yeux fureteurs, très rapprochés. Sa peau avait le teint cireux, comme si ça venait de côtoyer tant de cadavres. Timante était plus jeune, il était grand. Il avait le visage osseux et de la barbe plein les joues. Au milieu de la broussaille de ses cheveux brillaient deux grands yeux fous.

Là-haut, ses lumières s'éteignant une à une, un village s'endormait. Le dernier cimetière était pour cette nuit.

Avant de se mettre en route, Corbone éparpilla du pied le foyer. Le froid s'élança sur eux comme une vague. Il faisait une nuit noire, favorable. Le sentier où ils s'étaient engagés était envahi de ronces : pour éviter leurs lanières, ils marchaient l'échine arrondie, les mains tantôt en avant, tantôt au ras du sol ; on eût dit deux créatures d'angoisse se hâtant vers quelque lieu de chasse ou de sabbat.

Par moments, un cri de chouette ricochait sur la bise.

Comme ils arrivaient aux abords du cimetière, une file de peupliers luisants de givre jaillit de l'ombre. Puis la lune surgit, presque tout d'un coup. Et tous les arbres de la forêt parurent, figés dans le cristal du gel.

Corbone étouffa un juron :

- On se serait bien passés de celle-là !

- Bah ! dit Timante, qu'est-ce qu'on peut craindre à cette heure et par ce froid ?

Éparpillées autour du calvaire, les tombes étaient seulement des amas de terre sans ornement, avec de pauvres croix de bois rongées d'humidité.

- Tout ce chemin pour rien ! grogna Timante.

De temps à autre, le grincement d'une branche griffait la nuit.

Soudain, Corbone poussa du coude son compagnon :

- Regarde ! là-bas : près du mur.

Il désignait une pierre tombale à demi ensevelie sous le lierre.

- Eh bien quoi ? Tu l'as vue bouger ? Plaisanta Timante.

- Avec une tombe pareille, le mort aurait un peu d'or sur lui que ça ne m'étonnerait pas. J'ai bien envie d'aller voir.

Timante approuva d'un rictus ; mais ses lèvres restèrent longtemps retroussées, comme dans ces sourires trop forcés qui se figent. Autrefois, il allait de village en village, maraudant par-ci, braconnant par-là, commettant les mille et une rapines dont vivent les vagabonds. Puis avec Corbone, il n'avait pas mis longtemps à s'habituer aux pillages nocturnes des cimetières ; il lui suffisait de songer aux pièces d'argent qu'Umberto ferait tomber dans sa main pour oublier ses superstitions et ses vieilles terreurs. Et puis gênait-il beaucoup ceux qu'il dérobait ? « Est-ce qu'ils ont besoin de tout ça ? se disait-il. Les vivants devaient être bien plus furieux quand je volais leurs poules. » Mais, cette fois, il fallait ouvrir une tombe, et il éprouvait le vague sentiment de troubler de trop près le mystère qui entoure les choses de la mort. Un instant, il fut tenté de rebrousser chemin ; mais il pensa à Corbone qui racontait avec nostalgie comment, autrefois, il détroussait les voyageurs sur les routes, les cadavres dans les cryptes, et qui ne craignait ni Dieu ni l'Enfer d'où il semblait revenu : si, devant cette besogne, le vieux charognard le voyait hésiter, il n'aurait pas fini d'entendre ses railleries.

Ils mirent bas leurs vestes de grosse toile.

Et tous deux s'arc-boutent à la dalle. Ils poussent, halètent, s'acharnent. Le lierre semble vouloir la retenir. Un dernier effort la fait basculer, découvrant un cercueil blanc.

- Un cercueil de vierge, ricane Carbone.

Au loin, un galop de cheval se fait entendre.

Les gredins se concertent, inquiets.

- Il vaut mieux que j'aille faire le guet, chuchote Corbone. On ne sait jamais.

Avec son coutelas, Timante s'attaque au couvercle. Le bois est vermoulu ; il s'effrite, craque sous la lame. Et Timante gratte, entaille, arrache, et l'un après l'autre sautent les grands clous carrés. Le couvercle cède. Timante empoigne la croix et tire à lui. Et lentement, dans un long grincement de clous qui se tordent, la caisse s'ouvre...

Pétrifié, comme attiré par un abîme, il reste là, les yeux chavirés de vertige, ensorcelé par ces cheveux dorés épars sur la robe de morte, par ce visage blanc et pur de jeune fille endormie. Si elle n'a point de bijoux, autour de ses mains jointes est enlacé un chapelet d'argent et de perles. Mais Timante le voit-il seulement ? Il contemple ce cou gracieux, ces paupières qui semblent closes sur des rêves splendides, ces lèvres violettes qui sourient pour l'éternité.

Soudain, un bruit de pas le fait sursauter : Corbone revient.

Il ne faut pas qu'il la voie ! Timante se rue à sa rencontre.

- Vite... Partons !

- Il y a quelqu'un ?

- Viens !

Et ils courent. Ils courent silencieux comme des bêtes en fuite, comme le vol silencieux des chauves-souris qui les frôlent.

Quand, arrivés près du chariot, Corbone demande ce qui s'est passé, Timante, l'air absent, répond par des phrases vagues et sans suite : il a entendu du bruit... il a eu peur... Et comme, intrigué, son compagnon insiste, il lui demande brutalement de le laisser en paix. Puis il s'allonge sur la mousse, le dos appuyé à un rocher, enveloppé dans un manteau aussi rapiécé que la toile du chariot.

Corbone est allé chercher sa gourde. Sa curiosité paraît s'être évanouie. La tête renversée en arrière, il avale de longues gorgées d'eau-de-vie en poussant des grognements satisfaits. Sa soif assouvie, il vient s'étendre à quelques pas de son complice.

Les heures passent, mais Timante a toujours les yeux grands ouverts. Et l'autre, recroquevillé, feignant de dormir, l'observe, le visage caché dans ses bras repliés.

Tout d'un coup, Timante repousse son manteau, se lève et s'enfonce dans les bois. Corbone le laisse s'éloigner de quelques pas puis, à son tour, se lève sans bruit.

Comme un somnambule, Timante enjambe le mur du cimetière et se dirige vers la tombe profanée.

Les nuages ont déserté le ciel où se sont mises à germer les étoiles, vives comme des sons de flûtes. Seuls des lambeaux de brume courent à travers les croix. La bise jette des remous dans les longs cheveux et les rayons de la lune animent les reflets des perles. Un souffle de vie semble glisser sur la jeune morte. Les cheveux blonds flottent et Timante, agenouillé, sent sur son visage leur caresse légère...

Mais une main empoigne son épaule : Corbone l'a rejoint et le force à se relever. Il le secoue, le regard haineux.

- Tu voulais garder les perles pour toi seul. Hein !

Timante ne répond pas, ne résiste pas. Encore perdu dans son rêve, il ne paraît même pas l'entendre.

Mais déjà Corbone se désintéresse de lui. Il se penche sur la tombe, la main tendue vers le chapelet.

Aussitôt, dans un bond forcené, Timante le repousse :

- Ne la touche pas !

Sa voix est dure, sourde.

Surpris tout d'abord, Corbone demeure à le regarder, les bras ballants, l'œil stupide. Mais peu à peu, un rictus découvre ses chicots. Un instant encore, il se ramasse, puis il se jette sur lui. Et il frappe, s'agrippe, essaie de mordre la gorge. Timante, le visage en sang, regarde comme à travers lui. Il paraît insensible aux coups...

Et brusquement, Corbone se sent soulevé, projeté à terre. Il roule sur le sol, renverse des croix. Lentement, Timante vient vers lui. Alors, il porte la main à sa ceinture et tire le long stylet qui ne le quitte jamais. Mais l'autre continue d'avancer. Déconcerté, Corbone le regarde venir : les mains largement ouvertes, les yeux fixes, comme halluciné, Timante avance toujours... Non... Ce n'est plus Timante ! Contre cet être-là, il n'y a rien à faire... Le couteau ne sert à rien...

Corbone recule. Ses mains tremblent. Le stylet lui glisse des mains. Brusquement, il tourne les talons et s'enfuit.

Timante peut retourner près de la jeune fille qui dort. Il n'existe plus qu'elle. Il la contemple, immobile, comme jeté lui-même dans une éternité hors de la vie.

L'aube se levait et il était encore là. Il n'entendait pas venir les paysans. Quand les pioches, les faux, les haches le déchirèrent, il s'écroula sans un cri.

Devant la grille, se tenait le brave colporteur qui, passant sur la route avec son chariot, avait entendu du bruit dans le cimetière et ameuté le village. C'était un bonhomme trapu aux grosses mains velues. Sous son crâne chauve, sa figure était tout en mâchoires, avec des yeux fureteurs, très rapprochés, comme ceux des corbeaux. C'est peut-être pour cela qu'on l'avait surnommé Corbone...

Jean-Claude ROGLIANO

LES VOIX DE L'AIRE À BLÉ

Les noces de Saveriu et Laurina avaient été une grande fête : les jeunes gens étaient aimés de tous, ils se connaissaient depuis leur petite enfance et ce mariage semblait l'aboutissement de fiançailles remontant à ce temps-là. Étant tous deux du même village, ils s'étaient installés dans une maison toute proche de leurs familles et, pour se rendre chez l'une ou chez l'autre, il y avait à peine la place de l'église à traverser.

Laurina était fille unique. Ses parents ne l'avaient eue que fort tard et, déjà âgés, ils se réjouissaient d'autant plus de ce mariage qu'ils redoutaient de mourir sans avoir de petits-enfants.

Les premiers mois, Lucia, la mère, demandait régulièrement à Laurina si des signes précurseurs n'annonçaient pas l'événement qu'elle semblait souhaiter plus que le jeune couple lui-même. Plus le temps passait et plus son impatience d'être grand-mère grandissait. Les mois s'écoulaient, puis les années, mais rien n'indiquait la venue d'un bébé. Si Laurina et Saveriu se résignaient tristement, la crainte de ne jamais être grand-mère semblait consumer Lucia. On eût dit que cette idée lui ôtait le goût de la vie : elle se nourrissait pour subsister plutôt que pour vivre et, chaque jour, s'affaiblissait un peu plus.

Chacun essayait de lui redonner courage et de l'inciter à reprendre des forces. Elle répondait alors que le seul fil qui la retenait encore à la vie était l'espoir de voir sa Laurina mettre au monde un enfant.

Au village, les rares fois où elle sortait, on hochait la tête avec compassion en la voyant passer, si pâle sous son fichu noir, avec ses yeux rougis. Bientôt on ne la vit même plus à l'église.

Parfois, le soir, Lisandru, son mari, la surprenait à parler toute seule près du berceau de bois de Laurina, sans doute vide pour toujours. Lucia s'en approchait doucement et le faisait basculer au rythme d'une *nanna*[1], comme si elle voulait bercer l'enfant de ses songes. Son chant semblait quelque cantilène magique ou quelque prière destinée à exaucer le désir qui la menait à la folie.

Lisandru lui aussi souffrait mais, quand on en parlait, il faisait semblant de garder l'espoir d'être un jour grand-père. Laurina et Saveriu souriaient tristement : ils savaient que le vieil homme ne croyait pas à ses propres paroles. Tous les deux s'inquiétaient beaucoup pour lui car ils savaient qu'à sa peine s'ajoutait le souci que lui causait l'état de sa femme. Laurina et Saveriu voyaient bien que le chagrin le rongeait et que c'était lui qui, souvent, l'emportait dans des vertiges.

1. *Nanna* : berceuse.

Il y avait déjà sept ans que les noces de Laurina et Saveriu avaient été célébrées ; on était au début du mois de novembre et l'hiver s'annonçait rude. C'était dimanche. Lisandru et Lucia étaient devant leur cheminée. Depuis quelque temps déjà, la vieille femme ne savait plus sourire et ne parlait presque plus.

- Lucia, lui dit son mari, la messe va bientôt commencer... Laurina y est certainement déjà. Ne veux-tu pas la rejoindre avec moi ?

- Pour prier qui, le bon Dieu ou le Diable ?

Son visage se ferma et elle continua à fixer les flammes.

Lisandru soupira et, après avoir revêtu son manteau, sortit pour se diriger vers l'église. Il n'eut que le temps de faire quelques pas et s'effondra. Des voisins qui se trouvaient à proximité se précipitèrent. Mais cette fois, son cœur s'était serré plus fort et le chagrin qui coulait dans ses veines avait triomphé.

En entendant les bruits de voix, Lucia avait couru vers l'attroupement. Un mince filet de sang s'écoulait des lèvres de Lisandru. Elle s'agenouilla et, penchée au- dessus de lui, entourée des villageois consternés, elle demeura muette un long moment. Puis ses sanglots brisèrent le silence. Plus que des pleurs, on eût dit un râle et nul n'osait s'approcher de cette femme dont le regard et les cris n'avaient plus rien d'humain.

Elle se tourna vers le prêtre et les fidèles pour le prendre à témoin :

- Il allait à l'église, hurla-t-elle... Il est mort en allant prier...

Puis, elle arracha le crucifix qu'elle portait à son cou, le jeta loin d'elle et leva la tête :

- Tu n'écoutes aucune prière, cria-t-elle, le berceau de ma fille reste vide, et maintenant tu me prends celui que j'aime...

Le visage encore levé, défiant le ciel, on l'entendit murmurer :

- Je le retrouverai malgré toi...

Elle se pencha de nouveau sur le corps de Lisandru et les villageois pétrifiés la virent embrasser longuement sa bouche ensanglantée.

L'enterrement de Lisandru fut terrible : Lucia était pâle comme les cierges mais restait silencieuse. Chacun avait à l'esprit les paroles qu'elle avait prononcées la veille : ces mots n'auraient surpris personne si Lisandru avait été assassiné. La veuve alors aurait embrassé la blessure mortelle en signe d'appel à la vengeance ; aussi, l'attitude de Lucia restait un mystère. L'intention qu'elle avait mise dans ces paroles avait une résonance imprécatoire et leur écho distillait autant d'angoisse que les *voceri* [2] improvisés au-dessus des cadavres percés de balles.

Un mois s'était écoulé. Depuis la mort de Lisandru, Lucia vivait avec sa fille et son gendre. Son état était toujours le même. La tristesse lui avait seulement un peu plus creusé les joues et rougi les

2. *Voceri* : chants funèbres improvisés par les femmes proches de la victime d'un meurtre et exhortant à la vengeance.

yeux. Elle dormait peu et se nourrissait moins encore. Laurina et son mari ne savaient que faire.

Une nuit de neige et de vent, un événement ne fit qu'accroître leur inquiétude : Saveriu, ayant entendu du bruit, s'était levé pour savoir d'où il provenait. Il surprit sa belle-mère regagnant furtivement sa chambre. Les empreintes humides sur le plancher ne laissaient aucun doute : elle était sortie dans la neige... Pieds nus !

Saveriu avait enfilé un manteau à la hâte et pris une lanterne pour, suivant les traces, découvrir d'où elle revenait. Dehors, ce n'était que hurlement de bise et ténèbres, et la chute des flocons était si dense que, même en plein jour, le paysage en aurait été effacé.

Saveriu avait dépassé le village. Il avançait courbé en deux, la lanterne au ras du sol. Mais, à chaque pas qu'il faisait, la lueur gracile laissait toujours apparaître la marque d'un pied nu. Il dut pourtant s'en retourner : sur le sentier qui traversait les jardins en terrasse jusqu'à l'aire à blé, au milieu de la clairière, comblées par les flocons, les traces s'étaient peu à peu estompées et avaient fini par disparaître.

Noël approchait.

Il s'était produit ce que l'on n'espérait plus : Laurina attendait un enfant pour l'été.

Quand elle en avait été certaine, elle l'avait dit à sa mère, sans vraiment attendre de réaction de sa part : depuis longtemps Lucia vivait dans on ne savait trop quel monde, étrangère au quotidien.

Pourtant, à peine Laurina avait-elle prononcé ces paroles que ses yeux brillèrent et qu'un peu de sang colora son visage. Elle sourit pour la première fois depuis des mois et tout son être sembla s'animer, comme si la prévision d'une naissance l'éveillait elle-même à nouveau à la vie.

Ce changement se confirma dans les jours et les mois qui suivirent : si Lucia continuait à ne se nourrir et à dormir que très peu, on eût dit qu'elle reprenait malgré tout des forces : elle aidait beaucoup Lucia aux travaux de la maison et surtout à préparer la venue du petit enfant.

C'est au mois de juillet que Laurina mit au monde un magnifique bébé. Elle se souvint que le jour de ses noces, on lui avait jeté du blé pour que son premier enfant fût un garçon et c'est en effet à un petit Lisandru qu'elle donna naissance. C'était un bébé joufflu et plein de santé et au village, chacun s'accordait à dire que c'était l'un des plus beaux nourrissons que l'on ait pu voir.

Ses parents l'avaient si longtemps espéré qu'ils doutaient encore qu'il fût bien là. Mais, de tous, la plus heureuse était Lucia : elle gardait son petit-fils serré contre elle et on eût presque dit qu'elle avait de la réticence à le rendre à sa mère pour qu'elle lui donne le sein. Lorsque le petit enfant tétait, elle les regardait tous les deux savourer leur plaisir. Les yeux de la vieille femme brillaient alors sans que son regard se détache de son petit-fils.

Le temps des moissons avait comblé Lucia car Laurina avait dû le lui confier tout le temps qu'elle passait à travailler au-dehors avec Saveriu. Elle avait eu du mal à s'en séparer, d'autant plus que les premières grosses chaleurs semblaient affaiblir le bébé. Mais les blés étaient mûrs et la récolte avait besoin de tous les bras.

Depuis que la grand-mère en avait la garde, le changement qui s'était opéré en elle était surprenant : à la voir s'affairer dans la maison, fredonnant parfois un bout de comptine, il manquait peu de choses pour qu'elle ressemblât à la femme énergique qu'elle avait été dans le passé.

Pour Laurina, la joie de lui voir reprendre goût à la vie était cependant tempérée par le souci de voir son fils perdre ses belles couleurs. Elle en était même arrivée à se demander si, malgré toute sa bonne volonté, cela ne venait pas du fait que la vieille femme avait perdu l'habitude de s'occuper des bébés. Un jour, avec le prétexte que cette tâche pouvait la fatiguer, elle lui avait fait part de son intention de confier Lisandru aux parents de Saveriu. Elle y avait aussitôt renoncé devant l'air désespéré de Lucia.

- Ne me sépare pas de lui ! avait-elle supplié... Tu sais qu'il est ma vie, et puis, il ressemble tellement à ton père ! Il a les mêmes yeux...

Laurina sourit : c'est vrai que son bébé lui ressemblait déjà... Sa mère avait été tellement consternée de sproposition qu'elle regrettait déjà de l'avoir formulée : à travers ce petit être, Lucia retrouvait le regard de celui qu'elle avait perdu et il semblait bien que c'était cet amour qu'elle lui portait qui la rappelait à la vie.

Mais devant la mauvaise mine de Lisandru, l'inquiétude avait aussi gagné le père. Une semaine s'était encore écoulée et le bébé s'était encore affaibli. Son regard avait perdu de sa vivacité et il ne souriait presque plus.

Tandis qu'ils fauchaient les derniers épis, Saveriu avait fini par dire à sa femme combien cela le contrariait :

- Je peux à présent terminer tout seul. Tu devrais rentrer. Ta mère est trop âgée pour s'occuper d'un bébé des journées entières...

- Tu sais combien ma mère aime Lisandru... l'interrompit Laurina, et je ne ferais pas mieux qu'elle.

Tandis qu'il baissait la tête, tout penaud d'avoir peiné sa femme pour avoir manifesté une crainte injustifiée, Laurina poursuivait :

- Et tu sais aussi bien que moi que le travail avancerait moins vite si tu étais tout seul. Quand le battage va commencer, tu préférerais que ce soit ma mère qui me remplace sur l'aire à blé ?

A ces mots, Saveriu changea de visage... L'aire à blé ! Là-bas... au milieu de la clairière... Ce qu'on disait de cet endroit : ces vieilles qui, certaines nuits, s'y retrouvent quand, pour les appeler, le Diable emprunte la voix du vent... Si c'était vrai...

Il revoyait les empreintes de pas dans la neige que la neige effaçait et vers où couraient ces pieds nus...

Saisi de panique, sans lâcher sa faux, il se précipita vers le village.

Arrivé devant sa maison, s'efforçant de retrouver son calme, il ouvrit doucement la porte d'entrée et gravit sans faire de bruit les marches de bois qui menaient aux chambres. La porte de celle où étaient le bébé et la grand-mère était entrebâillée et ce qu'il vit le glaça : Lisandru était contre la vieille femme. Une goutte de sang perlait à son pouce qui portait une légère entaille.

Lucia le berçait en prononçant ces mots :

- Je ne voudrais pas te sucer le sang, mais il faut que je le fasse, Lisandru, amour de ta grand-mère.

Et la vieille femme porta le doigt de l'enfant à sa bouche...

En un éclair, Saveriu comprit le sens des étranges paroles que Lucia avait prononcées à la mort de son mari : elle avait accusé Dieu de le lui avoir pris, l'avait renie. Elle avait crié vengeance comme s'il avait été assassiné par un homme.

« Je le retrouverai malgré toi ! » avait-elle proféré. La malédiction qui s'était alors abattue sur elle en avait fait pour l'éternité une *strega*, créature de l'ombre pour laquelle amour et désir de possession se confondent pour absorber la vie de celui que l'on aime et le porter en soi à jamais.

Pour Lucia, celui qu'elle avait aimé et le petit-fils qu'elle avait tant désiré ne partageaient pas seulement un même nom : ils se confondaient à présent dans un amour où la vie et la mort n'avaient plus d'importance.

Agnès ROGLIANO

LES MENDIANTS DE LA PLUIE

Dans les ruelles, les chiens se tordaient, l'écume aux dents, déjà dévorés de mouches vertes... Alors, la peur s'installa.

Au début, on n'avait pas pris garde à l'agonie des eaux : le grondement des torrents devenait murmure, les fontaines interrompaient leur chant pour se chuchoter des secrets.

« Les orages attendent août », disaient les villageois.

Août arriva avec des soleils qui crevassaient la terre et des souffles brûlants.

L'angoisse vint quand torrents et fontaines se turent.

Dans les jardins, les plantes se desséchaient, plaquées au sol ou recroquevillées autour des échalas. Seule la Tighjola coulait encore, mais son maigre filet d'eau suffisait à peine aux gens : certains lâchèrent leurs bêtes, espérant que, guidées par leur instinct, elles iraient boire à des sources cachées. On en retrouva dans les ravins, couchées au bord de flaques d'eau putride, tripes et os surgissant d'entre la peau déchirée par les coups de becs.

Et le ciel demeurait désespérément bleu.

Sur la place, la fille était assise sur la murette, en compagnie de ses trois chiens.

Cette peur qui allait croissant, elle seule paraissait l'ignorer.

Elle était arrivée aux derniers jours de juin, avec ses drôles de bêtes aux oreilles pointues, toutes trois rases de poil, noires et luisantes comme suie. Le dimanche, elle leur mettait des habits brillants et colorés et leur faisait accomplir des sauts périlleux, les faisait danser, debout sur les pattes de derrière ou sauter à travers des cerceaux enflammés, comme si le feu les attirait.

Des gens lançaient quelques pièces, mais peu d'entre eux s'intéressaient vraiment au spectacle. C'était elle qu'on regardait : regards enfiévrés des hommes, en pointes acérées des femmes.

Au contraire de l'austère robe des paysannes, ses habits semblaient faits moins pour cacher son corps que pour en révéler toute la grâce. Sous le châle rejeté dans le dos, le moindre mouvement entraînait l'éclosion fugitive d'un bras ou d'une épaule nue. Dans son corsage de satin, la taille s'élançait au-dessus d'une robe d'étoffe rouge, aux allures de coquelicot. Son regard d'eaux vertes faisait germer des pensées de houleuses délices et de feux éternels.

Des femmes traversèrent la place. Occupée à caresser un de ses chiens, elle ne leva même pas la tête.

Elles se la désignaient à la dérobée, à coups de menton haineux :

- Quand est-ce qu'elle se décidera à s'en aller, celle-là !

- Vous avez vu les regards qu'elle jette aux hommes ?

- Un jour, ça va mal finir !

- Regardez la tête de ces chiens, avec leurs yeux jaunes.

- Eux, ils ne crèvent pas de soif !

Comme elles passaient près d'elle en continuant de murmurer, elle leur décocha un sourire acide qui leur fit hâter le pas.

Ce que redoutaient les paysans s'était produit : sur un des flancs de la montagne, la vague rouge d'un incendie s'étirait, effaçant les cimes et le soleil dans le tourbillon de ses fumées. Il avait franchi le col et traversait la hêtraie avec la tranquillité de l'assaillant qui sait que rien ne lui résistera. Les habitants le savaient aussi : la sécheresse lui ouvrait le chemin jusqu'au village et, contre lui, ils étaient plus démunis que jamais.

On était allé prendre à l'église le lourd crucifix de l'autel. De toutes les maisons, les villageois sortaient pour aller rejoindre le cortège qui se dirigeait vers Sant'Anna. Était-ce parce que cette chapelle était trop loin dans la montagne ou pour d'autres raisons oubliées ? Personne n'y allait plus depuis longtemps et s'y rendre en procession semblait être l'ultime recours pour obtenir la clémence du Ciel.

Maintenant, dans le sentier de rocaille, s'allongeait une interminable file d'hommes et de femmes en prières. En tête, chancelant parfois sous le poids, marchait celui qui portait le crucifix.

Sur la campagne se figeait une clarté de cuivre, un jour malade, comme empoisonné par ces coulées d'air étouffant qui passaient avec des odeurs de cendre et de charogne. Par moments, des vols noirs plongeaient du ciel pour s'engloutir dans la forêt. Toujours aux mêmes endroits. Quand la procession s'en approchait, les corbeaux s'enfuyaient des fourrés en rasant le sol, comme honteux.

Les paysans priaient à voix basse, le visage creusé par l'inquiétude, ruisselants de sueur dans leurs habits de fête. Épuisé, celui qui portait la croix s'était fait remplacer. Pour reprendre son souffle, il s'était assis sur un tronc abattu. La procession s'était engagée dans un chemin creux et il ne voyait plus d'elle que le grand crucifix qui tanguait au-dessus des cistes.

Il n'aperçut les trois chiens que lorsqu'ils passèrent à quelques pas de lui tant ils étaient silencieux. Tout affairés par la quête qu'ils semblaient mener, eux ne le virent pas. Et l'homme en fut comme soulagé car il se souvenait du jour avant quand, revenant de la chasse, il les avait rencontrés, aux abords de la chapelle. Il gardait dans les oreilles leurs grondements de fureur, alors qu'ils tournaient autour de l'édifice, grattant la terre comme pour tenter d'y pénétrer par le sol. Il se souvenait aussi de ce hurlement qui ne finissait pas, de ces trois regards dardés sur lui quand ils s'étaient aperçus de sa présence. Il se souvenait surtout de sa terreur, malgré son fusil pointé sur eux, car la lueur de férocité qu'il avait saisie dans ces regards était humaine !

Un simple regard de la fille les avait apaisés. Elle était sortie de l'ombre de la façade, comme si elle avait surgi du mur. À sa vue, elle s'était un instant immobilisée comme surprise, puis, ses chiens sur ses talons, elle s'était hâtée de gagner le sentier qui menait au village.

Il se leva pour aller rattraper les autres.

Si ces bêtes étaient là, elle aussi ne devait pas être loin et l'homme était presque sûr qu'elle se cachait. Mais pourquoi ? Et pourquoi ces lieux l'attiraient-ils ?

Une angoisse confuse s'emparait de lui. Il n'aurait su s'en expliquer la raison mais, aussi désirable qu'elle fut, il n'était pas très sûr de souhaiter la rencontrer.

À observer l'épaisseur de ses murs en pierre de taille percés de lucarnes aux allures de meurtrières, la chapelle semblait être construite autant pour prier que pour se défendre, laissant imaginer sous ses dalles des souterrains oubliés. En parcourant ces murs du regard, on pouvait voir, disposées au hasard de la construction, des arabesques, des inscriptions indéchiffrables gravées sur beaucoup de ces pierres qui, mises bout à bout, auraient composé le bas-relief du temple d'une religion perdue d'où, disait-on, elles avaient été arrachées. Sur la plus massive d'entre elles, qui avait été utilisée comme fronton, on découvrait aussi trois petits personnages. Ils en transportaient un quatrième, allongé dans une civière, l'emportant on ne savait vers quel ensevelissement ou vers quel sacrifice.

Rudimentaires comme un dessin d'enfant, les corps évoquaient vaguement des squelettes. Mais là n'était pas la cause du trouble qu'ils inspiraient. Ce qui frappait l'esprit, c'était l'expression animale figée sur ces visages, à peine ébauchée, comme les traces d'une mutation interrompue.

Autour de la chapelle, les pieds piqués dans le sol, il y avait des tables et de longs bancs de chêne grossièrement taillés. Autrefois, après la messe qui y était célébrée une fois l'an, on y festoyait jusqu'au soir. À présent, leurs planches étaient disjointes, vermoulues par endroits, et du lierre s'enroulait autour de leurs pieds.

Les villageois avaient planté la croix devant la façade et s'étaient groupés tout autour. Le Christ était très grand, avec un visage livide et des yeux qui semblaient regarder tout le monde.

Sur la montagne, la fumée s'étendait de plus en plus.

Pourtant, les flammes diminuaient, se faisaient plus rares. Par moments, de volutes de plus en plus obscures, l'une d'elles surgissait, prête à mordre, pour disparaître aussitôt. Une rumeur sourde se rapprochait aussi, comme traînée par la fumée qui, à présent, se rabattait sur Sant'Anna et prenait de curieuses teintes de plomb. Mais cette rumeur emplissait trop la forêt pour qu'on la pût croire portée par l'incendie.

Et soudain, quelqu'un s'écria :

- Ce n'est plus le feu !... Des nuages !... Ce sont des nuages !

Ils arrivaient en effet, énormes, se bousculant dans leur hâte de couvrir tout le ciel. Traversés de lueurs bleuâtres, ils dévalaient les versants dans un grondement d'avalanche, laissant traîner leurs capes d'ombre au plus profond des vallées. Sur la contrée s'abaissait une chape de ténèbres. Une bourrasque secoua les arbres. Puis un éclair violet jaillit de l'espace. Le tonnerre courut dans les bois comme une bête. Alors, piquetant le court silence qui suivit, de pesantes gouttes claquèrent sur les feuilles. En quelques instants, leur crépitement se précipita, s'amplifia, gagna la forêt tout entière.

Tombant à genoux, l'assemblée entonna un chant de grâce. Le cauchemar était fini. Le feu était vaincu. Peut-être aussi parviendrait-on à sauver quelques cultures.

Comme des enfants, les villageois tendaient leurs mains pour le plaisir d'y sentir s'écraser les gouttes.

Très vite ils se mirent à organiser la fête : les plus jeunes descendraient au village chercher le vin, les femmes prépareraient les beignets ; pendant ce temps, ceux qui restaient consolideraient les tables et les bancs.

Quelques vieux encore assez vigoureux pour avoir pu suivre la procession s'appuyaient sur leur bâton, exténués. Mais leurs yeux brillaient : ils allaient revivre une de ces fêtes d'autrefois, sur les lieux mêmes de leurs souvenirs.

Comme la chapelle ne pouvait contenir tous les villageois, ils retournèrent se grouper autour du grand crucifix pour une ultime action de grâce.

La pluie affinait ses traits comme pour mieux fouiller la terre. La foudre n'en finissait pas de battre la colline.

Tout près des paysans, elle fendit un chêne, mais sans interrompre les cantiques : l'orage leur avait été envoyé pour les secourir, comment pouvaient-ils en avoir peur ?

Ceux qui étaient descendus au village étaient revenus avec des ânes chargés de barils. Certains avaient ramené leurs flûtes, leurs violons, leurs guimbardes.

Le vin grandissait l'allégresse. La pénible marche était oubliée et les soucis et l'angoisse s'en allaient comme cette boue que des milliers de rigoles emportaient. On s'interpellait d'une table à l'autre, on s'envoyait des plaisanteries, on riait de se voir ainsi trempés... Et l'on se gavait de beignets, et l'on remplissait les gobelets...

Tout absorbé par ses pensées, l'homme ne partageait pas leur allégresse. Il regardait la façade, là où hier il avait vu la fille, se demandant une fois encore ce qui pouvait la pousser à rôder autour de cet endroit. Son regard ne pouvait se détacher du fronton : sous les éclairs qui se succédaient à une cadence de plus en plus accélérée, les petits personnages s'animaient. Il avait beau se dire que la cause en était la manière dont les lueurs de la foudre éclaboussaient le bas-relief, un malaise froid s'emparait de lui : chaque gifle du ciel faisait naître une grimace d'ombre, un rictus à ces ébauches de visages, un soubresaut de tout leur corps comme pour s'évader de la pierre.

À quelques pas de lui, une flûte jouait. Quelqu'un s'était mis à chanter. Les autres reprenaient le refrain. C'était un chant de bergers parlant de grottes sans fond, de rivières, de grands troupeaux en marche...

Des trombes d'eau cinglaient la colline tandis qu'un chant succédait à un autre.

Le soir tombait. Bientôt il serait malaisé de redescendre le sentier gorgé d'ombre et, déjà, les femmes et les vieux regagnaient le village. Mais la plupart des hommes continuaient de chanter et de boire.

On entendit de nouveau la voix des torrents. Il s'y mêlait parfois le hurlement du vent. Mais aucun souffle ne secouait les arbres et ce hurlement, l'homme l'avait déjà entendu et c'était hier, ici même. Alors, il comprit que tous devaient quitter ces lieux, au plus vite, rendre la chapelle à son abandon. Il ne savait à quel temple nocturne en avaient été arrachées les pierres, ni qui voulait les reprendre. Il entrevoyait seulement le péril de demeurer au cœur d'un affrontement qui les dépassait !

Il courut vers les tables où, à travers le fracas de l'orage, maintenant, retentissaient des chansons de taverne :

- On ne peut pas rester ici ! Il faut partir ! Vite !

Mais sa voix se perdit dans le tumulte.

Autour d'une table où l'on avait mis en perce un tonnelet d'eau-de-vie, on se bousculait, l'œil torve et le gobelet tendu. Il se précipitait de l'un à l'autre, s'agrippait à leurs épaules pour essayer de les entraîner avec lui. On se moquait : « Tu as bu encore plus que nous », lui répondait-on, en l'entendant parler de chiens noirs, de menaces et de calamités, et on le repoussait brusquement.

C'est à ce moment que parut la fille...

Gestes et cris se figèrent tout d'un coup.

Ses chiens noirs trottinant sagement derrière elle, elle avançait en souriant, nullement effarouchée par tous ces regards.

Elle se tourna vers un jeune berger qui tenait une flute. Comme s'il eût obéi à un ordre entendu de lui seul, il porta la flute à ses lèvres. Dès les premières notes, la fille leva les bras au-dessus de sa tête, son châle tomba et deux épaules dorées apparurent. Une rumeur parcourut les tables. Une guimbarde vibra. Les bras toujours levés, lentement, l'étrangère se mit à tourner sur elle-même. La flute jeta un appel aigu. D'autres flutes lui répondirent. Les hommes sortaient de leur immobilité, se levaient, enjambaient les bancs pour se rapprocher. Un violon poussa un soupir, hésita, s'enhardit... La fille esquissa quelques pas sur la pointe des pieds, les reins cambrés. Alors, toutes les flutes s'affolèrent et la fille s'élança... Au rythme de la musique, elle glissait parmi les tables, tourbillonnait, battait les bras en cadence. Au creux de sa poitrine, comme un papillon perdant ses ailes, un ruban mauve se dénouait et doucement, le corsage s'ouvrait. Chaque pirouette, chaque envol plaquait sa robe trempée à son corps ou la faisait s'épanouir. De longues jambes apparaissaient.

Les hommes poussaient des cris de joie. Ils la poursuivaient en titubant, essayaient d'agripper ses bras, d'entourer sa taille. Légère, elle leur échappait toujours, laissant par moment une main avide effleurer sa peau.

Comme gagnés par l'ivresse, ses trois chiens savants s'étaient dressés sur leurs pattes de derrière. Les babines retroussées sur des dents effilées, leurs regards jaunes allant d'un homme à l'autre comme vers autant de proies promises, ils bondissaient et virevoltaient au milieu du sabbat.

Quelques villageois braillaient à tue-tête, comme s'ils voulaient couvrir le vacarme. Certains, l'esprit attisé par l'eau-de-vie, s'injuriaient, d'autres se battaient avec fureur. L'un d'eux roulait dans la boue aux pieds de la fille tandis que sa ceinture de flanelle écarlate se déroulait après lui comme une traînée de sang.

Les nuages couraient au ras des arbres. A travers le rideau de pluie, des silhouettes confuses gesticulaient. Des clameurs, des éclats de rire et des blasphèmes traversaient la musique et les roulements du tonnerre. On eût dit qu'éclose du déluge, une horde d'ombres déchaînées fêtait quelque damnation prochaine.

Tout à coup, un craquement formidable secoua la forêt : dans une lueur fulgurante, faisant voler pierres et lauzes, une lézarde écarlate éventrait la chapelle.

Se heurtant aux arbres, glissant sur le sol détrempé, s'empêtrant dans les ronces, subitement dégrisés, les paysans dégringolaient la colline dans une fuite éperdue.

Parmi les bancs et les tables vides, barils, gobelets, flutes, violons gisaient abandonnés dans la boue. De Sant'Anna, il restait quatre pans de murs dentelés.

L'orage s'apaisait et, par moments, il passait de lourdes
bouffées de silence.

Lentement, ses chiens serrés peureusement autour d'elle, la fille s'en allait, jetant de temps à autre un regard en arrière, comme dépitée d'avoir à s'effacer devant un rival plus puissant.

Seul demeurait le grand Christ. En coulant sur son visage, les larmes de pluie lui donnaient un regard terrible.

Jean-Claude ROGLIANO

LE BANQUET DE L'ÉVÈQUE

En haut de leurs échelles, des villageois se hâtaient de fixer les guirlandes en papier d'une façade à l'autre, dans les ruelles que devait emprunter le cortège. D'autres achevaient de confectionner les arcs de triomphe avec les rameaux de buis qu'on était allé chercher à la rivière avec les ânes. Dans l'église, les jeunes filles lavaient les dalles à grande eau, dépoussiéraient les statues, astiquaient encensoir et chandeliers, décoraient de fleurs les autels latéraux... Il faut dire que ce n'était pas tous les jours que, dans ces coins perdus de la montagne, on célébrait la Confirmation !

La cérémonie devait avoir lieu dans l'après-midi. Mais c'était aussi dans le village que le repas de l'évêque et de sa suite était prévu.

La salle de mairie risquant de n'être pas assez grande pour contenir tous les convives, la clémence de ce mois de juillet 1946 facilitait grandement les choses : une table confectionnée avec des planches et des tréteaux avait été disposée sous les ormeaux de la place de la mairie. Elle était si longue qu'il avait fallu quatre grandes nappes pour la recouvrir. Comme sièges, on avait pris les bancs de l'école et, pour l'évêque, emprunté le fauteuil Louis XV de *a Signora* Madalena.

L'automobile venait de franchir le col de Vizzavona.

Installé auprès du chauffeur, *Monsignore* ne se lassait pas de regarder défiler la forêt de pins : la futaie courait à l'infini, superbe, enjambant des torrents échevelés, des enchevêtrements de hêtres et de houx.

« C'est décidément la plus belle île du monde ! » songeait-il, tout à la béatitude que lui procurait la perspective d'une journée passée dans ce village enfoui au milieu des châtaigniers. Les mois des confirmations étaient, si l'on peut dire, période bénie, car son sacerdoce lui permettait alors de troquer pour un temps de caniculaires cérémonies citadines pour des fêtes à ciel ouvert, de quitter ces nefs sublimes de marbres et de dorures à en être écrasantes, pour des clochers ciselés dans la roche des crêtes qu'ils chevauchaient. L'église buissonnière, en quelque sorte.

On sortait déjà du four communal les tartes de farine de châtaigne et les *canistrelli* [1] et, dans la maison du maire, une foule de femmes recrutées parmi les meilleures cuisinières du village s'affairaient entre la cuisine et la salle à manger où, sur tous les meubles où l'on avait pu les déposer, s'entassaient des corbeilles de légumes, de fruits, de

1. *Canistrelli* : biscuits traditionnels.

poissons et de viandes. La veille, le maire avait fait égorger un mouton et cueillir les premières pêches de vigne et les premières figues-fleurs des vergers environnants. Comme lors de chaque visite de hauts fonctionnaires, politiciens et autres dignitaires amateurs de truites de montagne, il avait réquisitionné la demi-douzaine de braconniers du coin pour dynamiter une bonne lieue de rivière.

Avec une fébrilité croissante, il passait et repassait sur la place, vérifiant si les bouteilles étaient bien au frais dans la vasque de la fontaine, s'inquiétant de la température du four, s'assurant de la solidité de la table. Rien ne devait être laissé au hasard pour que le festin soit une réussite. Par moments, il glissait une main dans la poche de son veston pour vérifier si le feuillet du discours de bienvenue y était encore ou y griffonner quelque correction.

L'homélie de *Monsignore*, elle, était prête depuis longtemps. Il la connaissait par cœur à force de la prononcer à l'occasion de chaque confirmation. Le thème en était le martyre de Maria Goretti et sa canonisation.

Afin que les enfants ignorent la nature du péché pour ne retenir que la détermination dans le refus d'y succomber, sa manière très personnelle d'édulcorer la scène des propositions fornicatoires du voisin, conférait au raccourci auquel l'évêque avait recours un caractère hautement surréaliste : « Viens ! grondait-il, d'une voix caverneuse censée être celle du tentateur, nous allons commettre un péché mortel ! » Après l'évocation du refus obstiné de la jeune Maria, suivait la scène du couteau de cuisine dont l'utilisation détournée conduisait à la sanctification.

Sur la banquette arrière, le secrétaire particulier de l'évêque et les deux curés qui l'assisteraient s'étaient assoupis. Tous s'étaient levés aux aurores et le voyage était encore assez long pour rattraper au moins une bonne heure de sommeil.

L'esprit engourdi par la monotonie des étendues de maquis qui avaient succédé à celle des pins, *Monsignore* se laissait à son tour gagner par une douce somnolence. Bercé par le ronronnement du moteur, il imaginait par avance l'accueil chaleureux des villageois, il respirait les parfums mêlés de l'encens, des roses et des œillets qui décoraient l'église. Il entendait déjà la messe chantée sur l'air de ces polyphonies merveilleuses si proches du chant grégorien, quand une soudaine embardée le ramena à la réalité.

Si le chauffeur avait évité de justesse de percuter l'amas de rochers détaché de la colline, son coup de volant en catastrophe avait fait verser l'automobile dans le fossé.

À l'entrée du village, groupés autour de leurs édiles, les habitants commençaient à trouver le temps long. Pour qui pratiquait peu ces chemins de montagne piégés de nids de poules et d'animaux errants, un retard d'un quart d'heure n'avait rien d'exceptionnel. Mais la demie de midi venait de sonner au clocher et, aussi loin que se déployaient les lacets de la route, nulle voiture n'apparaissait.

On avait de plus en plus de mal à faire rester en place la vingtaine d'enfants qui, disposés en rang d'oignons dans leurs beaux habits, ne demandaient qu'à les salir et commençaient à se chamailler.

À mesure que le temps s'écoulait, leurs aînés, engoncés eux aussi dans leurs costumes du dimanche, sous les rayons du soleil au zénith, étouffaient avec un stoïcisme modéré.

Entouré du conseiller général et des personnalités du canton invités pour la circonstance, le maire tirait à tous moments sa montre de son gousset puis, d'une autre poche, aussitôt après, un mouchoir pour s'éponger le front. Il y avait maintenant plus d'une heure qu'ils étaient tous là à attendre et, derrière lui, après le passage en revue de toutes les causes possibles de ce retard, apparaissaient les premiers signes d'impatience.

Il était d'autant plus préoccupé que, sur la longue table,

les femmes avaient dressé le couvert et qu'à travers la place communale les fumets des premiers plats commençaient à se répandre.

Les pieds dépassant de sous le capot de la Peugeot, le chauffeur tentait une réparation de fortune. Par moments, on l'entendait pester sourdement. Tout ce temps perdu ! Si au moins l'accident s'était produit dans un endroit fréquenté ! Il était encore heureux qu'un vieux muletier ait fini par passer par là : revenu de sa surprise à la vue d'un évêque avec une bosse sur le front, d'un monsieur en complet sombre et de deux curés occupés à dégager la route, il les avait aidés à sortir la voiture du fossé en y attelant ses deux bêtes.

Assis sur le parapet, *Monsignore*, avec un mouchoir humide, tamponnait son visage tuméfié par le contact brutal avec le pare-brise. Cela était peu de choses, à considérer le ravin et le torrent qui rugissait tout au fond. Le pire avait été évité et seuls quelques problèmes mécaniques restaient à résoudre. Tous finiraient de se remettre de leurs émotions devant un repas comme seuls savaient les offrir à leurs hôtes ces habitants de la montagne. Rien que d'imaginer les oronges macérées dans l'huile d'olive, les morceaux de daubes trempant dans des sauces aromatisées dont c'était déjà un délice de les humer et qui lui étaient offerts au cours de festins précédents, *Monsignore* se sentait déjà tout revigoré. Et puis il y avait ces gâteaux au fromage frais ou au miel, ces vins de coteaux qui valaient ceux des plus grands crus...

Suivi du secrétaire particulier et des deux curés, le chauffeur vint interrompre ses rêveries gastronomiques :

- Il faut partir sans tarder, Monseigneur. Le radiateur est percé et si nous ne voulons pas prendre trop de retard, il faudra trouver de l'eau, sinon, le moteur va chauffer et il faudra s'arrêter souvent...

Devant la mairie, formant le souhait que rien de grave ne soit la cause de ce retard, le conseiller général et les invités prenaient congé. N'en finissant pas de répéter combien il était consterné de ce contretemps, les assurant que cette attente allait bientôt prendre fin, le maire allait de l'un à l'autre pour tenter d'en retenir quelques-uns. Mais, manifestant avec embarras le regret de ne pouvoir différer d'autres obligations, ils le priaient de transmettre leurs respects à Monseigneur, tout en lorgnant vers la table recouverte d'une multitude de plats dont un jeûne prolongé contribuait à leur faire imaginer la saveur.

Il était deux heures de l'après-midi et, tandis que les familles attendaient toujours à l'entrée du village, les édiles municipaux, eux, groupés sur la place, débattaient sur la décision qu'il fallait prendre. Celle à laquelle la plupart s'étaient ralliés était de dépêcher le docteur Antoni avec sa calèche au-devant des visiteurs, ce qui aurait eu le double avantage de les ramener si l'automobile était immobilisée par une panne, ou de leur prodiguer des soins s'ils avaient été victimes d'un accident. L'idée fut vite abandonnée, certains ayant fait remarquer que si l'un ou l'autre cas s'était produit dans les environs, ils auraient été prévenus par les habitants des villages voisins et que, par conséquent, si accident ou incident il y avait eu, le lieu où il se serait produit était hors de portée de l'attelage du médecin.

La situation s'aggravait d'autant plus que, du côté de la cuisine du maire, soufflait un vent de panique. Certains plats avaient été réchauffés pour la troisième fois et risquaient de ne pas supporter de l'être davantage.

L'irruption de la grosse Lucia sur la place ne fut pas pour atténuer le pessimisme ambiant.

- S'il tarde encore, votre évêque, c'est du charbon qu'il va manger ! et on aura cuit nous aussi pour rien ! rugissait-elle, congestionnée autant par la chaleur des fourneaux que par l'exaspération de voir se dessécher les viandes.

La menace fit son effet. Tout le monde se mit à parler en même temps. Toute cette nourriture perdue ! Tant de travail pour ce résultat ! Il fallait trouver une solution !

Le maire tira une dernière fois sa montre :

- À cette heure, ils ne viendront plus ! C'est impossible.

- Alors, qu'est-ce qu'on va faire ? s'écrièrent une demi-douzaine de voix.

- Ben ! On va tout de même pas jeter tout ça !

Un murmure d'approbation passa dans le groupe.

- O Andri, va les chercher ! poursuivit le maire en désignant du menton à son adjoint l'entrée du village où, résignés, les autres attendaient encore. Et vous autres, allez aussi chercher ceux qui n'ont pas d'enfant à confirmer.

- S'il est arrivé quelque chose, qu'est-ce qu'on peut y faire ! dit quelqu'un.

- Et puis il sera toujours temps d'apprendre les mauvaises nouvelles, ajouta un autre.

L'automobile avait dû s'arrêter à chaque fontaine, à chaque ruisseau pour rajouter de l'eau au radiateur transformé par le choc en tonneau des

Danaïdes. Ils étaient enfin arrivés, fourbus et affamés.

Le chauffeur avait garé la voiture là où s'arrêtait la route.

Généralement, c'était à l'entrée des villages que l'évêque était accueilli. Aussi, tout en descendant le sentier, *Monsignore* et sa suite se demandaient où les habitants de celui-là pouvaient bien les attendre. Ils étaient d'autant plus intrigués que des chants leur parvenaient des dernières maisons. Empruntant les ruelles par-dessus lesquelles étaient tendues les guirlandes, ils débouchèrent sur la place de la mairie. Et là, chauffeur, secrétaire particulier, curés et évêque, s'immobilisèrent, pétrifiés : autour d'une longue table couverte des reliefs d'un festin à faire saliver un trépassé, une foule de paysans, verre en main, improvisaient sur un mode polyphonique aviné l'oraison funèbre de *Monsignore*, trop absorbés par la recherche des rimes pour remarquer sa présence.

Jean-Claude ROGLIANO

DE MORT ET D'ÉCUME

L'aube venait d'éclairer le San Pedrone. C'était ce pic que, de la fenêtre en face de son lit, Giorgiu en s'éveillant voyait en premier.

Il soupira et referma les yeux : il avait été si près d'elle. Peut-être, en éteignant dans sa tête les premiers rayons du jour, pourrait-il retenir un peu plus son sommeil. Le chant du coq lui fit renoncer à ses songes. Septembre commençait à dorer les châtaigniers et le moment de la récolte approchait : il fallait rejoindre son père et ses oncles pour achever de couper les fougères qui s'étaient approprié la terre pendant l'été, pour qu'elles n'entravent pas les doigts de bois des *ruspule* [1] ni les mains qui auraient déjà bien assez à faire pour éviter les piqûres des bogues ; il leur faudrait aussi du bois pour alimenter le *rataghju* [2] et se chauffer tout l'hiver.

Giorgiu avait vingt ans et toute la vigueur que l'on peut avoir à cet âge. Il était grand, brun, avec des yeux dont les sourcils épais ne parvenaient à

1. *Ruspule* (fém. sing. *ruspula*) : fourche aux dents recourbées servant, au cours de la cueillette, à séparer les feuilles et les bogues des châtaignes.
2. *Rataghju* : séchoir à châtaignes.

durcir un regard où s'attardaient des reflets d'enfance. Les travaux auxquels il participait, il les avait toujours connus et, même s'ils n'étaient pas faciles et, même s'ils n'étaient pas faciles, aucun ne représentait pour lui une contrainte vraiment éprouvante. Il avait toujours vu les hommes de sa famille les accomplir et dompter la montagne au fil des saisons en pratiquant les cultures en terrasses, soignant les châtaigniers et s'occupant des bêtes. Il était choyé par sa mère et sa grand-mère et faisait mûrir à point les joues des filles du village, chaque fois qu'il leur adressait un sourire. Son seul souci était le nombre toujours croissant de garçons qui tournaient autour de sa jeune sœur Paola qu'il adorait et sur laquelle il veillait avec une vigilance de duègne.

Pourtant, on se demandait quelle chimère il poursuivait quand, à ses moments perdus, on le voyait marcher le long du fleuve. On le surprenait parfois à rêvasser, assis sur un rocher ou, accoudé au parapet d'un pont, regardant s'écouler les eaux vers la mer.

Depuis longtemps, il avait cessé de parler de cette attirance qu'elle exerçait sur lui. Mais, plus que jamais, c'était elle, c'étaient ses vagues qu'il n'avait jamais vues qui, pendant son sommeil, engloutissaient la fatigue de ses journées dans des songeries qu'il aurait aimé infinies.

Le frère de sa mère était pêcheur dans le Sud et, à de rares occasions, cet oncle les rejoignait en Castagniccia.

Une fois ce fut pour Noël, une autre pour l'enterrement d'un parent, une autre encore pour la naissance de Paola dont il était le parrain. La dernière ne datait que de deux semaines, pour assister au mariage d'une cousine.

Lorsque Giorgiu était petit, un cortège de rêves marins faisait suite à chacune de ces visites : l'enfant écoutait avidement les récits peuplés de sirènes, de barques dansant sur les vagues, les évocations de filets rutilant de poissons et il ne parlait plus que de devenir pêcheur. Les adultes souriaient à l'évocation de ses projets sans vraiment y prendre garde. Les visites de l'oncle étaient rares et nul ne songeait que le petit garçon continuait à y penser après son départ.

Devenu adolescent, il avait une fois abordé le sujet et interrogé ses parents :

- Pourquoi ne rendons-nous jamais visite à l'oncle Venanziu ?

Son père fronçait les sourcils :

- Tu sais, il ne faut jamais penser à quitter la montagne. Nous ne sommes pas faits pour nous approcher des côtes...

- La plaine est un endroit malsain, ajoutait sa mère.

Les moustiques y pullulent. Les maux y sont légion, comme eux, et c'est par la mer qu'arrivent tous les malheurs.

Toutes ces sombres descriptions n'entravaient en rien le désir de Giorgiu de connaître la mer :

- Mais, oncle Venanziu y vit bien lui...

- Assez ! coupa son père. Est-ce qu'il t'a parlé de la Malaria, de ses jours mangé par la fièvre ! De ceux passés caché dans les marais, quand débarquaient les pirates. Par on ne sait quel miracle il est toujours vivant mais, toi, tu es fait pour la terre. Ne parle plus de ça.

Paola écoutait la conversation en regardant son frère. Elle mesurait combien son désir de connaître la plaine était grand. Elle savait que, tôt ou tard, il partirait.

Giorgiu n'avait plus jamais abordé ce sujet et, à la dernière visite de l'oncle, même lorsque celui-ci avait raconté ses derniers exploits de pêches et dépeint les couleurs de la mer sous le ciel d'octobre, nul ne songeait que Giorgiu pensait encore à partir.

Cette fois pourtant il s'était décidé. Aucune mise en garde ne pouvait le retenir : demain matin il partirait pour la plaine et, rêve ou cauchemar, ce qu'il allait rejoindre mettrait fin à sa hantise. Il le fallait. Après, il reviendrait pour continuer d'aider sa famille. Il était certain qu'en donnant à ses rêves la dimension de la vie, il deviendrait vraiment un homme : il avait vingt ans et les images qui l'habitaient ne pouvaient suffire au petit garçon qu'il n'était plus.

Depuis le départ de l'oncle, Paola n'avait cessé d'observer son frère avec inquiétude. Le soir où il quitta la Castagniccia, il ne s'aperçut pas que sa sœur elle aussi s'était préparée au départ et s'engageait avec lui sur le chemin de la plaine.

La pleine lune éclairait la campagne lorsque Giorgiu franchit le pont du Fium'Altu. Paola se tenait toujours derrière lui sans se faire voir. En le regardant traverser le pont elle soupira : Giorgiu était-il déjà si loin des siens pour ne pas penser à honorer les fantômes du fleuve ? Quand vint son tour de passer le pont, au lieu de ne jeter dans les eaux que la pierre de son propre passage, Paola ramassa deux cailloux, espérant que les esprits acceptent d'elle le prix de la traversée de son frère.

Ils n'avaient pas encore quitté la Castagniccia lorsqu'ils arrivèrent à proximité d'un lavoir près duquel se tenait une vieille femme. Paola, voyant son frère s'arrêter à sa hauteur, comprit qu'il devait demander son chemin et attendit, un peu en retrait. Lorsqu'il repartit, elle s'en approcha à son tour. La vieille avait repris son travail. En apercevant la jeune fille, elle eut un mouvement de surprise et laissa échapper le drap qu'elle s'apprêtait à plonger dans le bassin. Paola le ramassa et le lui tendit. Une tache noirâtre marquait un coin de tissu qui avait traîné dans la boue. La vieille la dévisagea :

- Tu es la sœur de l'autre, n'est-ce pas ? Tu as le même regard. Et, avant que la jeune fille n'ajoute une parole : Il m'a demandé le chemin de la mer. Je lui ai déconseillé de le prendre, mais il ne m'a pas écoutée.

Paola soupira :

- J'ai si peur qu'il lui arrive malheur que je le suis de loin depuis notre village... Par où va-t-il passer ?

La vieille redit alors ce qu'elle venait d'indiquer à Giorgiu.

- Merci, dit Paola. Avant de le rejoindre, je vais laver pour vous ce drap, reposez-vous un instant, j'aurai bien le temps de rattraper mon frère...

La vieille femme sourit alors avec bienveillance, mais d'une manière étrange aussi.

- Je te remercie, dit-elle, mais ce drap n'a plus besoin d'être lavé, cours rejoindre ton frère. Lui aura besoin de toi, et de tes prières.

Paola sentit un frisson la parcourir. De quelles prières parlait-elle ? Et pour laver un drap en pleine nuit, cette femme était-elle seulement une paysanne ordinaire ? Avant qu'elle ne prononce ces paroles, à quel usage ce drap était-il réservé ?

Sans répondre, elle courut dans la direction que lui avait indiquée la vieille femme et ne reprit son souffle que lorsqu'elle aperçut au loin la silhouette de Giorgiu.

Ils marchèrent ainsi de longues heures avant d'atteindre la plaine. Très loin en arrière, de gros nuages sombres couronnaient le mont San Pedrone et le grondement du tonnerre qui retentissait jusqu'à eux semblait être pour Paola l'écho de la voix de leur père découvrant qu'ils étaient partis.

Alors qu'ils progressaient vers l'est, ils rencontraient moins d'habitations ; les cultures devenaient plus rares et la terre plus aride, jusqu'à devenir du sable sous leurs pas.

Paola, dont Giorgiu n'avait toujours pas soupçonné la présence, avait de plus en plus de mal à le suivre sans le quitter des yeux. Il marchait de plus en plus vite, comme si l'approche de la mer lui enlevait la fatigue du voyage.

Enfin elle apparut. Giorgiu s'arrêta d'un coup : cette eau qui s'étendait à perte de vue, il la connaissait presque pour l'avoir si longtemps imaginée à l'autre bout du torrent. Mais maintenant, le monde marin peuplé de sirènes et orné de corail était bien réel. Giorgiu sentit alors toute lassitude l'abandonner et courut vers cette immensité.

Paola, dont la fatigue et l'inquiétude n'avaient cessé de croître, retrouva la force de courir elle aussi pour le retenir.

- Giorgiu ! Giorgiu ! cria-t-elle, ne la touche pas ! Attends-moi !...

Mais son frère ne l'entendait pas. Un bonheur si grand l'envahissait qu'il ne semblait même pas ressentir le froid des vagues qui l'enveloppaient.

A ce moment, le ciel s'assombrit. Le San Pedrone avait craché l'orage sur la plaine. La mer, qui jusque-là avait été calme, s'enflait des vagues qu'un vent né de l'orage ne cessait de gonfler.

C'est alors qu'éclose d'une lame plus grosse que les autres, une femme apparut : elle avait un visage merveilleux et une longue chevelure d'or. Elle était nue jusqu'à la ceinture mais le reste de son corps était d'écailles.

Il ne pouvait en douter : cette créature marine était là pour l'accueillir ! Tandis que Paola pleurait, agenouillée sur le sable, il s'éloignait du rivage, abîmé dans son extase.

L'ondine venait à sa rencontre. Quand ils se furent rejoints, elle l'entoura de ses bras. Giorgiu ferma les yeux. Il n'avait jamais ressenti sur sa peau une telle douceur. Une infinie griserie le gagnait... Mais très vite, les bras resserraient leur étreinte, si fort qu'il en perdait le souffle. En même temps, il se sentait entraîner vers le fond. L'air lui manquait. Un bourdonnement l'enveloppait comme un linceul. Il comprit à présent que les porteurs de mort dont lui parlait sa famille étaient en train de s'emparer de lui. Il tentait de résister à cet étau vivant qui se refermait sur lui mais, peu à peu, ses dernières forces l'abandonnaient et il sombrait au fond de cette souffrance qui absorbait son corps et son esprit.

Paola se tenait au bord de l'eau, le corps de son frère était à quelques pas d'elle. Ses larmes et le sable que le vent lui envoyait dans les yeux la brûlaient. Elle voyait son frère s'enfoncer lentement dans les eaux. Il fallait qu'elle le ramène à elle, qu'elle surmonte l'épouvante qui la pétrifiait. « Il aura besoin de toi », lui avait dit la vieille femme du lavoir. Si elle avait dit cela, c'est qu'elle savait vers quel péril il courait et que Paola pouvait le secourir. Elle avait aussi parlé de prières. Mais, avec des prières, quel secours pouvait-elle lui apporter, sinon de l'aider à trouver l'apaisement dans l'autre monde ?

Et soudain, c'est à d'autres prières qu'elle songea : celles que les aïeules transmettent la nuit de Noël, la seule de l'année où les esprits malfaisants sont en déroute. L'année d'avant, sa grand-mère les lui avait apprises en grand secret, lui affirmant que, désormais, elle pourrait écarter les maladies des gens et des bêtes et combattre les forces du mal. C'étaient ces prières qu'avait évoquées la vieille femme, et les forces du mal, elles étaient en face d'elle et elles lui enlevaient son frère !

Mais, dans son désarroi, les mots se bousculaient dans sa tête, se refusant à composer la phrase qu'il fallait prononcer.

Alors, en se signant, elle entra dans l'eau glacée : avec ou sans prière, mort ou vivant, il fallait le reprendre à la mer, ou elle-même se laisserait engloutir.

À défaut de paroles magiques, elle cria celles qu'on dit toujours quand on se plonge dans l'eau :

- Que Dieu nous donne mille ans !

Aussitôt lui revinrent en mémoire les paroles secrètes et elle les murmura, face au tourbillon d'écume qui bouillonnait là où Giorgiu venait de disparaître.

Alors resurgit un instant la créature marine. Mais cette fois, les écailles recouvraient tout son corps et c'est une hydre terrifiante que Paola entrevit, dressée par-dessus la crête des vagues.

Il ne restait, flottant, que le corps de son frère. Elle nagea jusqu'au jeune homme.

Elle trouva la force de le ramener jusqu'au rivage. En voyant son visage de cire, Paola se sentit défaillir. Un voile embua ses yeux et elle s'évanouit sur le sable.

Lorsqu'elle rouvrit les yeux, elle était dans une pièce, allongée sur un long banc de chêne. Un homme se tenait penché au-dessus d'elle. Il chassait dans le marais quand il les avait découverts sans connaissance sur la plage.

Très vite il la réconforta, lui fit boire une gorgée d'eau-de-vie.

La pièce était sombre, à peine éclairée par une lampe à huile. Tout au fond, elle reconnut Giorgiu étendu sur un lit. Ses vêtements trempés étaient éparpillés sur le sol et son frère était enveloppé dans un drap. Désespérée, elle se précipita vers lui. Mais lui dormait d'un sommeil paisible et elle entendait sa respiration régulière. C'est alors qu'elle reconnut le drap à la tache de boue séchée qui en maculait un coin et elle comprit ce que la vieille du lavoir avait voulu dire : ce drap n'avait plus de raison d'être lavé puisqu'il devait avoir un autre usage que celui auquel il était destiné. Ainsi en avait-elle décidé quand Paola lui était apparue. Il arrive parfois que la Mort s'émeuve, elle aussi.

Giorgiu s'éveilla. Il sourit faiblement à la vue de sa sœur. Il lui parla de manière confuse de sirènes et de démons, de légions marines...

Paola l'embrassa :

- Repose-toi, lui dit-elle, nous allons rentrer chez nous.

Le chasseur les ramena dans leur village à bord d'un char à bancs tiré par un cheval qui allait rênes lâches, comme s'il savait où, sans que se fît entendre le moindre crissement d'essieu, le moindre bruit de sabots. Tout au long du chemin, jamais Paola ne lui demanda ni comment ce drap se trouvait chez lui ni quelle sorte de chasseur il était.

Giorgiu ne reprit plus jamais le chemin de la plaine et continua d'aider les siens. Pourtant, lorsque le vent soufflait de l'est, il lui semblait encore que la mer l'appelait. Son regard devenait vide. Il ne parlait plus pendant des heures et seule Paola devinait que, dans ces moments-là, il se tenait à l'orée des souvenirs d'outre rêve.

Agnès ROGLIANO

RESISTANZA

Dans la grosse tour ronde de son palais de Bastia, Felix Pinelli avait convoqué le lieutenant Antoine Carbuccia.

Capraia, l'île voisine, coiffée de neige, se découpait dans le soleil. Mais ce matin superbe de janvier ne semblait pas émouvoir le gouverneur, trop préoccupé par ces escarmouches et ces débuts de jacqueries dont la répétition, depuis quelques semaines, troublait ses nuits et contrariait sa digestion.

Il commençait à regretter d'avoir sous-estimé les conséquences que pouvait entraîner une pénurie de blé alliée à des impôts écrasants.

S'il était urgent d'intervenir, il n'y avait pas encore de quoi perdre son sang-froid : il ne s'agissait là que de minorités inorganisées alors que les notables et le haut clergé demeuraient fidèles à la République. Ces éléments sains de la population avaient même tendance à s'émouvoir devant la vague montante de la violence : leur position et leurs biens dépendaient du maintien de la paix civile que Gênes seule pouvait imposer. Ils ne se faisaient jamais prier pour aider au maintien de l'ordre et usaient de toute leur influence pour calmer les esprits. Certains, même, n'avaient pas le choix, largement compromis qu'ils étaient par leurs commerces divers avec les Génois. C'est pourquoi, pour le petit peuple, la différence était mince entre notables et Génois et c'est contre les uns et les autres qu'ils se soulevaient.

Le gouverneur attendait que Carbuccia donne son point de vue.

Le lieutenant était un soldat de métier. Il savait que la tournure des événements devait conduire à faire vite et frapper fort. L'exemple ! L'exemple par la terreur ou,

mieux encore, en obtenant une vile soumission qui frapperait encore plus les esprits.

- C'est à Poghju di Tavagna qu'ils sont les plus acharnés, dit-il à Pinelli. Ils sont même allés dans d'autres villages, demander aux habitants de se joindre à eux. C'est là qu'il faut porter le fer. Deux cents hommes suffiront. Mais il faut faire vite.

- Quand pouvez-vous partir ?

- Dès que vous en donnerez l'ordre.

- Vous partirez demain.

À Poghju di Tavagna, l'agitation était extrême.

Depuis un mois, les nouvelles les plus folles circulaient. De Castagniccia, de Casinca, du Niolu, de jeunes gens arrivaient plus ou moins armés, se mettre à la disposition de celui dont tout le monde parlait, mais que personne n'avait vu. Un nom circulait, celui de Pompiliani qui, sept ans plus tôt, avait quitté le village pour servir dans l'année de

Naples. On disait pourtant qu'il était mort là-bas et qu'avec lui avait disparu le dernier membre de sa famille. Chacun connaissait quelqu'un qui avait reçu des ordres, des conseils, des instructions mais nul ne pouvait affirmer l'avoir rencontré. Ses itinéraires étaient curieux, ses interventions imprévisibles, ses intentions inconnues. Certains, qui se sentaient une vocation de chefs, cherchaient désespérément à le joindre pour obtenir de lui une sorte d'habilitation, mais à chacun, d'une façon ou d'une autre, il était dit : « Fais tes preuves. Bats-toi pour la nation. Fais notre guerre avec tes armes, à ta façon. Mais ne fais pas ta guerre, car pour cela, tu n'obtiendras aucun blanc-seing. Fais notre guerre au service de tous. »

C'est ainsi que ce matin du 27 janvier 1730, à Poghju di Tavagna, une foule de jeunes gens étaient là, réunis sans trop savoir comment ni pourquoi.

Soudain, sur le coup de midi, un homme à bout de souffle arriva, criant qu'une colonne de soldats montait vers le village. Il les avait aperçus alors qu'il posait des collets dans les arbousiers. A travers le maquis et par des chemins de chèvres, il avait pris tous les raccourcis pour prévenir.

Ils étaient encore loin et, par peur des embuscades, n'allaient pas très vite, mais il n'y avait pas de temps à perdre : avant le coucher du soleil, ils seraient là... Et il ne s'agissait plus de la petite escorte habituelle des collecteurs qui pourrait être mise en déroute à coups de bâton, mais d'hommes en armes, nombreux, qui n'hésiteraient pas à tuer !

Immédiatement, la confusion fut générale, chacun préconisant sa méthode. Les fortes têtes parlaient de faire front, les gens plus réfléchis disaient qu'il ne saurait en être question à cause de l'inégalité de l'armement. Certains braves parlaient alors de se faire tuer pour l'honneur, et pour l'exemple à donner, aussi... D'autres disaient qu'offrir une victoire militaire aux Génois ne servirait à rien et qu'il valait mieux prendre le maquis pour les harceler. Chacun était sûr d'avoir raison et, déjà, chacun méprisait l'autre, le trouvant stupide ou lâche, et n'eût été l'arrivée imminente des soldats, on en serait probablement venu aux mains.

- Nous ne ferons rien de tout ça !

Le silence se fait. Chacun se retourne vers celui qui a parlé. Personne ne l'a vu arriver. Il est très grand, sa figure tient de l'ange et de l'oiseau de proie. Il est revêtu du *pilone*[1], le manteau des bergers, mais en dessous il porte des habits d'homme de guerre et des bottes de cavalier.

L'homme s'est rapproché. Son lourd *pilone* est immobile, malgré les rafales de vent qui paraissent n'avoir pas de prise et semblent passer à travers lui, comme s'il n'existait pas. Sa voix est basse et rauque. Malgré les cicatrices qui sillonnent son visage, quelques vieux saisissent une expression, une lueur dans le regard qui ne leur paraissent pas inconnues. Certains commencent à murmurer : «Ça pourrait bien être lui ! »

1. *Pilone* : manteau en poil de chèvre. Vêtement emblématique des montagnards insulaires.

- Non ! Rien de tout cela, mes amis. Vous allez accueillir ces sbires avec les plus grands égards, la plus grande allégresse...

Et aux paysans abasourdis, celui que chacun croit reconnaître expose son plan.

Les soldats approchaient. Ils avançaient lentement, l'arme au poing, de part et d'autre de la route, en quinconce, espacés de quelques pas afin de ne pas offrir une cible trop compacte à une mousquetade.

L'avant-garde progressait en regardant dans toutes les directions, s'attendant à tout moment à recevoir une volée de pierres ou pis encore. Sur un ordre bref, elle s'immobilisa pour prendre position. Sous sa couverture, les soldats se déployèrent.

En quelques instants, le village fut encerclé. Alors, Carbuccia fit battre le tambour. Le cercle se resserra et, en l'absence de toute réaction, il tira son épée et fit avancer sa troupe.

Soudain, arrivés à la hauteur des premières maisons, les clameurs s'élèvent de toutes parts.

« E viva Pinelli ! E viva Carbuccia ! » crient les enfants.

Les villageois s'approchent, témoignant du plus vif contentement. L'un d'eux, celui qui, sous son manteau, a des bottes de cavalier, se détache du groupe :

- Vous voilà enfin. Il était temps ! dit l'homme qui semble être leur porte-parole, avec tous ces agités qui ne nous laissent plus en paix.

- Justement, où sont-ils ? demande le lieutenant, encore sous le coup de l'étonnement devant la chaleur de l'accueil.

- Ça fait une bonne heure qu'ils sont partis, dès qu'ils vous ont aperçus. Tous ces exaltés et ces fiers-à-bras ne sont plus qu'une bande de poltrons fuyant à travers le maquis. Mais venez donc ! Vous avez fait une longue marche et un peu de repos vous fera du bien.

Et l'homme les entraîne vers la place de l'église.

- Il était grand temps que vous veniez, poursuit-il, car, bien qu'ils ne soient pas très dangereux, ces quelques agitateurs commençaient à nous importuner. En tout cas, bravo pour la manœuvre. J'ai moi-même autrefois pratiqué le métier des armes et j'ai observé son déroulement avec intérêt... Tenaille, encerclement, couverture puis pression. Voilà qui était magistralement exécuté. Compliments aux officiers.

Puis, avisant un paysan au passage :

- O Pitti ! va donc extraire de ta cave un tonnelet de ton vieux muscat. Aujourd'hui, est un bon jour pour lui faire prendre l'air.

Et à la cantonade :

- Faites sortir du vin pour la troupe et vous, les femmes, allez chercher des gobelets, et qu'il y en ait pour tout le monde.

Puis au lieutenant :

- Permettez que je vous abandonne un moment. Je tiens à m'occuper moi-même de vos cantonnements : je veux que vous puissiez dire au gouverneur que nous vous avons reçus comme vous le méritez et qu'il soit dit partout qu'il y a chez nous des fidèles citoyens de la République et qu'ils entendent le rester... Au passage, j'irai retirer quelques vieilles bouteilles d'eau-de-vie de *bon buccone* de sous leurs escaliers. Vous verrez qu'elles sont dignes d'être bues par vos officiers.

Après avoir posté quelques sentinelles, les officiers avaient donné l'ordre de rompre les rangs.

Dans la population, chacun s'affairait. Avec des tréteaux et des planchons recouverts de draps, des tables étaient confectionnées devant les maisons.

Pendant ce temps, les soldats allaient s'asseoir sur la murette qui entourait la place du village. Au fond, c'était aussi bien comme ça : le temps qu'ils auraient passé à la répression, ils se reposeraient. Reluquer les filles qui passaient près d'eux tout en sourires et en fossettes n'avait rien de désagréable.

Carbuccia avait rejoint ses officiers :

- Vous voyez ! C'est comme je l'avais prévu. Croyez- moi. Je connais les comportements de la populace. Ils sont partout pareils. Quelques fortes têtes qui sèment la discorde, et qu'il faut très vite mater, et les autres. Ceux-là apportent la preuve de ce que j'ai toujours prétendu : plus un peuple est soumis et plus grandes sont ses démonstrations de fidélité à la puissance dont il dépend.

Pendant ce temps, celui qui les avait accueillis revenait avec une douzaine de villageois. Certains portaient une barrique sur l'épaule, d'autres tenaient à la main des gourdes et des carafons. Les femmes, elles, distribuaient les gobelets aux soldats.

- Goûtez-moi ça ! leur criait l'homme aux bottes de cavalier, et n'ayez pas peur d'en redemander : s'il manque un peu de farine, du vin et de l'eau-de-vie, il y en a plein les caves.

Il avait rejoint le lieutenant et tous deux, maintenant, trinquaient à leur santé, à la santé de la République, à la santé de l'ordre génois.

- Que serions-nous sans vous ? clamait son hôte. Toutes ces routes que vous avez tracées, ces ponts, ces oliveraies, ces vergers... Et puis la sécurité que représentent vos guerriers quand on pense aux autres puissances qui convoitent la Corse ! Quant à la justice...

« Comment peut-on être aussi stupide ! s'émerveillait Carbuccia, à voir combien l'autre était persuadé que c'était au profit des siens que tout cela avait été réalisé. Décidément, le maintien d'un peuple dans l'ignorance

et son abêtissement sont les meilleures armes pour l'asservir... »

Les soldats, eux, s'émerveillaient de la générosité de ce vin. Elle n'avait d'égale que celle des villageois qui, pour mieux les régaler, en oubliaient de se servir.

Le soir tombait. On avait allumé des feux pour qu'ils ne prennent pas froid. Même sans feu, auraient-ils eu froid d'ailleurs ? L'eau-de-vie qui succédait au vin faisait couler en eux une si bienfaisante chaleur !

C'était la fraternisation. Au point que les Corses ne pensaient même pas à froncer les sourcils quand les soldats couvaient d'un regard un peu trop brûlant les femmes qui venaient emplir leurs gobelets.

C'était d'une oreille de plus en plus distraite que le lieutenant écoutait l'autre continuer de passer en revue les multiples bienfaits que Gênes prodiguait à la Corse : un doux engourdissement l'envahissait. Décidément, le muscat de ce Pitti, le gouverneur lui-même n'en possédait pas dans sa cave. Un jour, il faudrait qu'il pense à venir lui en demander un baril. Le paysan se ferait un plaisir...

Les feux crépitaient. Leurs gerbes d'étincelles couraient rejoindre des gerbes d'étoiles. Les voix des chanteurs de *paghjelle* s'élevaient de partout : tout le village chantait. Ces sauvages tout de même ! Il fallait reconnaître qu'ils avaient une voix inimitable... La voix des Génois qui essayaient de chanter eux aussi, elle, était moins assurée et quelque peu avinée.

Sur la peau de mouton qu'on avait étendue, Carbuccia était confortablement installé près d'un feu. Les crépitements des flammes, les chants, la voix de son hôte se confondaient dans un même murmure. Étoiles et étincelles devenaient un même tourbillon de lucioles en folie...

Une détonation !

Carbuccia se réveilla en sursaut. Le coup de feu martelait ses tempes. La bouche pâteuse, l'esprit encore embrouille par le muscat, appuyé sur ses avant-bras, il jeta un regard interrogateur autour de lui.

La première chose qu'il distingua fut le pistolet pointé sur sa poitrine. Son propre pistolet.

L'aube se levait et des souffles frileux faisaient rutiler les braises. Alors, il se souvint...

- La fête est finie, lieutenant !

Autour de lui, il entend les grognements des soldats qui s'ébrouent, puis leurs jurons, quand, tout à fait réveillés, ils s'aperçoivent qu'ils ont été joués.

- La fête est finie...

Carbuccia reconnaît l'homme aux bottes de cavalier.

- Cependant, nous n'allons pas manquer de compléter notre hospitalité en rendant votre retour le plus agréable possible. Ainsi, en vous débarrassant de vos armes, nous sommes persuadés que votre marche sera infiniment plus aisée... Ne nous remerciez pas : c'est un réel plaisir pour nous.

Il n'y a vraiment rien à faire : tout le village est réuni ainsi que tous ceux qui, depuis des semaines, se regroupaient ici. Femmes et enfants brandissent des torches tandis que les hommes tiennent en respect les soldats avec les fusils pris pendant leur sommeil.

- Alors, lieutenant, comme les opinions changent, selon que l'on soit ou non le plus fort ! Au fait, comment se sent-on lorsqu'on est du mauvais côté du canon ?

Entrouvert, le manteau de berger laissait entrevoir un pourpoint de drap noir, bardé de cartouchières : à la place du paysan obséquieux de la veille, se tenait campé devant Carbuccia un guerrier à l'aspect redoutable.

- Il y a quelques heures à peine, si je vous avais dit ma haine de tout ce qui représente l'oppression de mon peuple, vous m'auriez coupé la parole avec la balle contenue dans ce pistolet qui fut vôtre... tout en faisant votre devoir, en maintenant l'ordre et me qualifiant de barbare violent et rebelle... Mais à présent, je suis persuadé que si je vous demandais d'énoncer toutes les raisons démontrant que les Génois n'ont rien à faire dans cette île, je suis sûr que vous les trouveriez aussi bien que moi.

Du bout des fusils, les villageois poussaient vers le milieu de la place les soldats encore vacillant sur leurs jambes à cause à la fois d'un reste d'ivresse et de la peur.

- Vous allez rentrer dans vos présides, poursuivait l'homme de guerre, car vous êtes toujours nos hôtes, et un hôte pour nous, quel qu'il soit, est sacré. Parce qu'aussi, nous ne sommes pas les barbares pour lesquels vous essayez de nous faire passer, ici et de l'autre côté de la mer. Nous sommes seulement un peuple qui défend sa terre, contre vous aujourd'hui, et contre tous ceux qui voudront s'en emparer.

Déjà on commençait à distribuer la poudre et les fusils et, déjà, l'homme s'éloignait. Le vent soufflait de plus en plus fort, sans pour autant soulever le moindre pan de son manteau, comme s'il passait à travers lui.

Jean-Claude ROGLIANO

LE CHASSEUR DE LA NUIT

La détonation avait fauché la perdrix à peine jaillie des bruyères.

L'inconnu était apparu en même temps, là où elle était tombée. Surpris, le chien qui s'était précipité pour la rapporter était revenu se réfugier peureusement entre les jambes de son maître.

- Joli coup !

L'homme se baissa pour ramasser l'oiseau et s'avança vers Clemente. Dans son costume de drap noir comme on n'en portait plus depuis des années, la rigidité de son grand corps décharné lui donnait la démarche incertaine des malades qui viennent de quitter leur lit après y avoir été longtemps cloués. Le crépuscule accentuait l'aspect sinistre que donnait à son visage aux lèvres minces et aux yeux profondément enfoncés dans leurs orbites cette fixité des traits et du regard et, quand il tendit la perdrix, il dut percevoir le mouvement de recul que Clemente avait ébauché.

Tandis qu'en suspendant l'oiseau au lacet lié à sa ceinture le paysan bredouillait quelques mots de remerciements, l'inconnu s'était mis à cheminer près de lui.

Le village était encore à une bonne lieue et la nuit se hâtait, une nuit bien grasse de nuages et de ténèbres, tout en souffles frileux et en reptations de silences.

L'homme était peu loquace et Clemente se sentait de plus en plus englué dans le malaise qu'inspirait cette présence, à mesure que l'obscurité l'effaçait. Le chien suivait, les oreilles basses, en poussant par moments deux ou trois jappements plaintifs.

- Peu de monde est capable d'atteindre le gibier lorsqu'il fait aussi sombre ! observa soudain son compagnon de route. Et je m'y connais ! ajouta-t-il sur un ton chargé de sous-entendus.

- Vous êtes chasseur vous aussi ?

Tout heureux de trouver un sujet de conversation qui contribuerait à dissiper son anxiété, Clemente se mit à évoquer des scènes d'affûts aux grives sous les oliviers, de battues au lièvre dans la châtaigneraie quand, roulant sa rouille et ses ors, l'automne coule vers les vallées...

À mesure qu'il parlait, à voir avec quelle attention l'inconnu l'écoutait, il lui semblait bien, maintenant, que son silence avait pour seule cause l'intérêt qu'il portait à ses récits de chasse. Alors il lui raconta l'attente, sur les cols, du passage des palombes, quand les coups de fusil crépitent partout à la fois, le vol zigzagant des bécasses entre les aulnes, tirées aux abords des ruisseaux gelés, la traque qu'un mois plus tôt il avait menée tout seul contre l'énorme sanglier qu'il avait fini par abattre, au moment où l'animal franchissait le torrent.

Ils venaient justement d'atteindre son lit. Un pont génois l'enjambait, cachant sa décrépitude derrière l'élégance aérienne de son arche. Il surplombait une cascade vertigineuse que l'obscurité empêchait de voir et dont le fracas paraissait sourdre du fond de la terre.

De l'autre côté, avant de remonter vers le village, le sentier longeait le torrent. Tous deux se faufilaient à travers des falaises déchiquetées où s'égaraient des échos. Entre les failles qui s'ouvraient çà et là, apparaissaient d'autres falaises et d'autres failles encore.

À cause du mauvais état du pont, Clemente n'aimait pas prendre ce raccourci. Peut-être aussi à cause de l'angoisse distillée par ces lieux qui, même en plein jour, telle une sangsue, se collait à vous, réveillant le angoisses amoncelées au fond de la mémoire commune. C'est ici, disait-on, que la Confrérie des Morts surgissait des remous pour suivre le *mazzeru*, celui qui chasse les âmes. Selon une ancienne croyance, c'est un villageois que rien, le jour, ne distingue des autres mais qui, la nuit venue, avec un rêve pour voyage, va s'embusquer auprès des torrents. La bête qui, cette nuit-là, en côtoie le bord n'est pas gibier ordinaire : quand il l'a abattue et qu'il s'en approche, à la place de la tête, ce sont les traits d'un habitant du village qui, un bref instant, lui apparaissent. Un humain pour qui le glas ne tardera pas à sonner, car cet animal est son âme... Cette mort, le *mazzeru* ne l'aura pas voulue : il aura seulement appris qui elle emportera car, du destin, il a été choisi pour l'aider à traverser le Fleuve. Précédant de peu de jours la réalité, la *Squadra d'Arrozza*, composée des morts du village, va commencer l'enterrement fantôme[1]. Mais, dans ce monde qui leur est devenu étranger, ces morts qui enterrent les morts ont besoin d'un guide. Un guide parmi les vivants. Après sa chasse nocturne, le *mazzeru* sait où il faut aller. Et quand, avec l'âme qu'elles emportent, le cortège des ombres repasse de l'autre côté de la nuit, c'est lui qui les conduit à travers le torrent dont, le temps du voyage, les eaux charrient les Enfers[1].

Le pont était si étroit et la nuit si épaisse qu'ils s'y étaient engagés l'un derrière l'autre. Clemente marchait devant, lentement, tâtant du pied les aspérités du sol. Il se taisait, tout absorbé par le souci d'éviter de se rapprocher des bords aux margelles écroulées depuis des lustres. C'est alors qu'il sentit des doigts osseux se refermer sur son épaule. Se maudissant de ne pas s'être assez méfié de l'allure inquiétante de l'inconnu, il n'osait s'arrêter ni se retourner, ignorant, en cet espace où tout mouvement brusque pouvait être fatal, comment, détrousseur ou dément, l'homme réagirait. En dessous, c'était le tumulte. Il imaginait le saut vers le roc aux mille crocs, l'étreinte des remous et les mille baisers glacés de l'écume. Mais toujours resserrée sur son épaule, la poigne le poussait en avant. Arrivés au sommet de l'arche, en le mainte-

1. Mal'concílio, roman de Jean-Claude Rogliano. Editions Clémentine.

nant fermement au milieu du pont, elle l'empêcha même de trébucher, là où le tablier avait été endommagé par la dernière crue.

À peine avaient-ils atteint l'autre rive que les doigts relâchaient leur prise. Quand Clemente se retourna, son compagnon de route avait disparu.

Faisant surgir des ténèbres l'arche du pont et les falaises dentelées pour les effacer aussitôt, un rayon de lune s'était évadé d'un nuage, le temps de le persuader que l'endroit était désert, ou que rien ne s'était passé.

Étendu sur le dos, Clemente enviait le sommeil paisible de Lauda qui dormait, lovée contre lui. Les yeux grands ouverts, il passait et repassait dans sa tête ce retour de chasse pas comme les autres. Il n'en avait pas parlé à sa femme, comme s'il s'efforçait de ne rien voir que de banal dans cette rencontre que seules auraient rendue insolite la profondeur de la nuit et ces croyances qui s'entêtent à défier la raison. Pendant le peu de temps où il s'était assoupi, comme cela se produit souvent dans les rêves quand l'esprit a été fortement impressionné par un événement marquant de la journée, il avait revécu presque aussi fidèlement ce moment. À part le grondement du torrent qui paraissait plus lointain, l'impression qu'il avait d'aller flottant plutôt que de marcher, peu de choses avaient changé. Il lui semblait aussi qu'après que l'homme eut disparu, le rêve s'était poursuivi, comme un miroir qui aurait renvoyé bien plus que les reflets du réel. À travers sa mémoire, il s'obstinait à poursuivre cette partie du songe qui s'était dérobée, comme avec l'espoir, s'il la retrouvait, qu'elle livrerait un peu du secret de l'inconnu. Mais la nuit s'en allait, sans rien lui laisser de plus.

Une foule de questions le talonnaient : comment, étranger à la région, l'homme connaissait-il si bien les lieux ? La nuit était trop obscure pour qu'il pût distinguer les embûches tendues par ce pont à moitié en ruine et c'était lui qui lui avait fait éviter la crevasse que, dans son trouble, Clemente avait oubliée. Un moment, il s'était même demandé s'il était aussi étranger que ça : parmi tant d'habitants forcés de quitter l'île, certains revenaient après une si longue absence qu'on ne les reconnaissait pas ; peut-être était-il un de ceux-là, qui mettaient un terme à l'exil, au seuil d'une mort plus définitive.

Mais alors, pourquoi n'aurait-il pas dit son nom et à quelle famille du village il appartenait ? Pourquoi avait-il disparu ainsi ? Et surtout, comment avait-il disparu ? Sur la gauche, ce sentier était surplombé de falaises infranchissables. Sur la droite, il longeait le torrent... Il aurait pu aussi retourner sur ses pas. Mais pourquoi aurait-il fait tout ce chemin ? Et pourquoi s'en serait-il retourné aussitôt après avoir franchi le pont, comme si la seule raison de venir jusque-là eût été de ne pas le laisser le traverser tout seul ? Chacune de ses questions en entraînait une autre qui le jetait dans un trouble de plus en plus profond, comme si chacune d'elles contenait un secret qu'il valait mieux ne pas connaître.

Au lever du jour, en sonnant le *furestu*, les cloches l'avaient détourné de ses pensées : annonçant la tombée des premières châtaignes, elles invitaient les paysans à rentrer leurs bêtes ou à les mener à la montagne.

« *Furestu ! Dumane è furestu !* » criaient les enfants par les ruelles tandis que les villageois quittaient leurs maisons avec en main une corde, un licou, un sac de croûtons ou de graines selon l'animal à retrouver. Clemente était parti à la recherche de sa douzaine de chèvres et du cochon qu'il tuerait à l'approche de Noël. Battre la Châtaigneraie pour les retrouver lui avait pris la journée entière. Mais à cette époque, c'était un plaisir de marcher à travers les arbres jaunissant, dans la forêt remplie d'appels, et de s'arrêter pour bavarder un moment avec ceux qui recherchaient eux aussi leur bétail.

En fin d'après-midi, une chèvre fugueuse lui avait tout de même causé quelques tracas : au bout d'une heure de poursuite, il avait eu toutes les peines du monde à la dégager du roncier où elle se débattait, étranglée par la longe qu'elle lui avait arrachée des mains. Exténué, il avait bu à la source des Caldane tandis que, sournoisement, une aigre bise d'automne glaçait la sueur qui imprégnait sa chemise.

Il avait regagné le village grelottant, tout son corps endolori, le souffle court.

Devant un bon feu, Lauda plumait la perdrix qu'il avait tuée. Seules les flammes éclairaient la pièce. Clemente aimait regarder sa femme lorsqu'elles caressaient son visage, faisant passer des éclats fauves dans ses yeux. Parfois, il la déshabillait devant la cheminée pour voir les mêmes lueurs la caresser tout entière avant de la prendre debout, brûlante.

Ce soir, à la vue de son allure épuisée, après lui avoir fait boire une tisane de fenouil et de miel, elle avait hâté le moment de regagner leur lit : avec la cueillette qui commençait, demain serait une dure journée et il fallait profiter du beau temps pour ramasser le plus de châtaignes possible. Plus grosses que l'année passée, elles étaient aussi abondantes et Clemente s'était endormi très vite, se réjouissant par avance de cette récolte dont ils tireraient au moins sept à huit quintaux de farine.

Alignés à deux ou trois pas l'un de l'autre, les ramasseurs, lentement, gravissaient la colline. Avec *la ruspula*, une fourche crochue comme une main d'avare, ils fouillaient bogues et feuilles et remplissaient la *sporta*, le panier tressé avec des éclisses de châtaignier. À travers les arbres passaient des essaims de voix rugueuses mêlées à des rires de jeunes filles. Parfois, une chanson s'élevait, reprise par d'autres voix, quelquefois par les échos et par le vent...

Clemente en était à son quatrième panier. Il le renversait dans le sac de jute que Teresina lui tenait ouvert. Affalés contre une murette, deux sacs étaient déjà remplis. Anto' et *ziu* Pa' s'apprêtaient à les charger sur le dos de Mora, l'ânesse de Luiggione, pour prendre le chemin du séchoir.

Un peu plus loin, du feu qu'elle avait allumé entre deux pierres, la petite Stella avait retiré une cafetière. Longeant la file que formaient les ramasseurs, elle leur versait le café dans l'unique tasse qui passait de main en main. Puis, l'enfant s'en retournait à sa cueillette, légère, ses nattes brunes dansant autour de ses épaules.

Matilda, Tonia, Marfisa et quelques autres étaient en train de dépasser la file des hommes. La plus habile était *zia* Capicalada, surnommée ainsi parce que, à cause de sa bouche édentée, son menton touchait presque le bout de son nez. Clemente s'étonnait toujours de voir comment, de ce corps courbé vers la terre, déformé, desséché par les ans, les mains devenaient étrangères, avec leur agilité à saisir et virevolter dans un incessant ballet digital parmi les piquants acérés.

Près de lui, Camellu et Peppu, le cal de leurs pieds nus à l'épreuve des bogues, cueillaient, tout en se querellant.

Un peu en retrait, entre son oncle et son père, un homme au visage émacié et au regard un peu absent, remplissaient sa *sporta* en silence. C'était un lointain cousin qui habitait, solitaire, l'ancien presbytère, au bas du village. On venait souvent le trouver pour écarter certains maux des gens et des bêtes car il connaissait les herbes qui guérissent. Certaines paroles aussi. On le craignait aussi un peu, à cause de l'allure sinistre que lui donnait son costume de drap noir, de son air d'être toujours ailleurs et, surtout, de l'attrait qu'exerçait sur lui la forêt, dès la tombée de la nuit.

Clemente l'avait à peine connu et il ne se souvenait pas même de son nom. Il devait avoir six ou sept ans quand il l'avait vu pour la dernière fois et bien des années s'étaient écoulées depuis sa mort... Car le père de Clemente, ses oncles, Teresina, la petite Stella, Marfisa et tous ces gens qui l'entouraient étaient morts. Ils étaient morts depuis longtemps et lui, Clemente, était le seul vivant qui les côtoyait, sans étonnement ni frayeur. Il aidait *ziu* Pa' et Anto' à hisser un sac sur l'ânesse, taquinait la vieille *zia* Capicalada, buvait une gorgée de vin à la gourde que lui tendait Luiggione, caressait au passage la joue de la petite fille...

Par moments, le vent se roulait dans les feuilles sèches puis, les soulevant soudain par volées innombrables, s'entêtait à leur faire regagner les arbres. Mais les feuilles étaient mortes et le vent, prisonnier de son éternité. Alors, il soufflait rageusement sur le versant, tantôt par bourrasques glaciales, tantôt répandant une haleine brûlante, comme après avoir traversé de lointains incendies.

Des vapeurs s'élançaient à travers les châtaigniers, engloutissant la forêt et Clemente ne voyait plus que des ombres. Le visage de l'homme aux habits de drap noir était le dernier à disparaître et il le reconnut...Quand il rouvrit les yeux, le visage anxieux de Lauda l'avait remplacé, penché au-dessus du sien. Avec un linge humide, elle lui tamponnait le front et les paupières, prolongeant, avec la fièvre qui le brûlait, les sensations mêlées de chaleur et de froid éprouvées sur sa peau avant de se retrouver allongé sur son lit. Une somnolence entrecoupée de vertiges le clouait entre les draps. Au moindre mouvement de la tête, le plafond et les murs vacillaient et sa vue se brouillait.

Puis les choses, lentement, reprírent leur aspect ordinaire. La fièvre s'en allait, laissant la place à une pesante lassitude. Peu à peu, sa mémoire remettait de l'ordre dans le fouillis de mots sans pensée qui encombraient son esprit, comme si quelque chose de lui qui s'était égaré retrouvait son corps, au terme d'une longue errance.

Sur l'étagère, en face du lit, au milieu de fioles et de sachets de poudres, une tisanière fumante répandait dans la pièce des senteurs douces-amères. Près de lui, Lauda remuait, avec une cuillère en bois, une potion dans un bol. À voir ses traits détendus, il la devinait rassurée sur son sort. En se souvenant de l'anxiété qu'il avait surprise dans son regard, il comprenait à quel point il avait été près de mourir.

Il se souvenait aussi de ce qui avait précédé son réveil et il faisait appel à toute sa raison pour nier tout lien entre sa rencontre avec l'inconnu dans la réalité et celle au-delà, et, du mal soudain qui avait fondu sur lui, refuser d'admettre par qui il avait été délivré. Ce mal avait faussé son imagination et sa mémoire, et il fallait de son esprit en chasser les fantômes ! Ces morts qu'il avait connus, aimés, au milieu desquels il s'était retrouvé, faisaient seulement partie d'un rêve, d'un regard nostalgique posé sur autrefois...

Mais l'homme qu'il avait retrouvé parmi eux était celui qui l'avait accompagné jusqu'à l'autre rive du torrent ! Et parce que cette rencontre s'était produite bien avant que la fièvre ne s'empare de lui, il était plus difficile de le rejeter parmi les fantasmes qu'elle avait engendrés. Clemente se revoyait tout en haut de l'arche, croyant venue sa dernière heure quand il avait senti sa main se refermer sur son épaule, alors qu'au contraire l'homme en noir l'avait aidé à traverser le pont. Repoussées aux confins de la conscience, de vieilles peurs ressurgissaient, semant à nouveau le doute… Ce n'est pas cette mort, noyé au fond du gouffre, qu'il lui avait évitée : ce soir-là, ces eaux glauques étaient bien autre chose et ce pont conduisait autre part… A cet instant-là, la mort de Clemente était proche, mais franchir le torrent, c'était seulement commencer le voyage… Tout devait s'accomplir suivant l'ordre établi : un animal qui était son double, guetté par le *mazzeru*, avait été tué à la lisière d'un songe et, sur l'autre rive, de Clemente, ne devait être emportée que l'ombre de sa mort[2]. Pour comprendre, il fallait croire aux récits anciens et aux chimères et Clemente le refusait encore…

Il était dit aussi que, parfois, du destin le *mazzeru* obtenait d'interrompre le cours. Il ne pouvait le faire que durant la traversée du torrent d'où surgiraient les ombres, en conduisant, sans jamais lâcher son épaule, celui auxquelles il devait le soustraire. Or, il semblait bien que c'est ce qu'avait accompli l'homme aux habits noirs : tandis qu'il interrompait le rituel qui le conduisait vers l'au-

2. Mal'concílio.

delà, dans un avenir en train de s'écrire, la fièvre qui emportait Clemente relâchait son étreinte.

Des bribes de légendes, de paroles incantatoires, de cauchemars avortés, s'insinuaient dans ses pensées, l'acculant à la question qu'il n'osait se poser : pourquoi avait-il été épargné ? Il s'obstinait à les disperser, à faire semblant de les prendre pour les dernières traces de son délire. Mais, opiniâtrement, elles se recomposaient, se complétaient, s'organisaient, se répandant à travers son désarroi comme autant de pièges à certitudes.

Très vite, Clemente avait retrouvé ses forces. C'était un homme vigoureux sur lequel la maladie n'avait jamais longtemps de prise. Plus difficile avait été de distancer les visions dont il ne savait faire la part de ce qu'elles contenaient de réalité et de mirages. Les tâches qui succédaient au ramassage des châtaignes l'en avaient libéré : entretenir le feu dans le séchoir où il les entreposait, les décortiquer et les amener au moulin, lui laissaient peu de loisir pour s'attarder sur ses états d'âme. Depuis longtemps la récolte n'avait été aussi abondante et les sacs de farine s'entassaient dans le grenier au-delà de ce que Clemente et Lauda avaient prévu. La qualité de leur farine était réputée et, déjà, des cantons voisins, on venait en acheter ou apporter en échange de l'huile d'olive, du vin ou d'autres denrées suivant la région d'où on était. À la mi-décembre, il ne restait plus que celle qu'ils gardaient pour eux dans les deux coffres en châtaignier alignés au fond du séchoir.

Les travaux les plus pénibles étaient achevés et, à part deux ou trois heures consacrées à s'occuper des bêtes, rentrer du bois ou accomplir quelque autre besogne quotidienne, Clemente avait du temps devant lui pour aller chasser dans la hêtraie. Il lui arrivait de poser des collets sur les versants couverts d'arbousiers où se laissaient prendre merles et grives. Souvent, aussi, on l'appelait pour diriger des battues ou lui demander des conseils de dressage de chiens d'arrêt ou de meute.

Ce matin-là, alors que, son fusil à l'épaule, il prenait le sentier des Caldane, il entendit des cris s'élever des dernières maisons. C'était Maria Teresa, la femme de Cècè, le forgeron qui, devant son poulailler, adressait un chapelet d'injures au renard qui lui avait encore volé une poule. Prenant à témoin les voisins, elle vitupérait son mari, l'accusant de s'être lassé de guetter sa venue.

- Bientôt, il n'en restera plus une seule, avec celui-là qui s'endort sur son fusil ! gémissait-elle, en désignant le forgeron. Et toi, cria-t-elle à Clemente quand il arriva à sa hauteur, qu'est-ce que tu attends pour nous en débarrasser ?

Clemente s'empressa d'apaiser la commère en promettant de lui rapporter la peau du pillard. Il l'avait promis d'autant plus volontiers que, la semaine précédente, c'est son poulailler qui avait été visité.

Le soir même, profitant de la pleine lune, il s'était posté à l'entrée du village, derrière le pan de mur d'un four à pain en ruine. Au bout d'une heure d'attente, il avait distingué, se coulant entre les fougères, une forme rousse qui avançait vers lui. Arrivé sur le sentier, comme s'il devinait qu'en se rapprochant, il cesserait d'être hors de portée du fusil, le renard s'était immobilisé et regardait dans sa direction avec l'air de le narguer. Puis, lentement, il s'était retourné et s'en était allé par là où il était venu.

La nuit suivante, Clemente avait rejoint sa cachette en prenant soin de mieux se dissimuler avec des rameaux de bruyère et de vieilles planches. Mais cette fois, l'animal avait jailli d'un fourré, à deux pas de lui, sans même lui laisser le temps d'épauler.

Durant trois nuits de suite, il avait continué à se jouer de lui. Tantôt il glapissait de derrière un muret pour détourner son attention du chêne abattu par-dessus lequel il avait seulement le temps de le voir disparaître. Tantôt, par le remue-ménage que déchaînait son intrusion dans un poulailler, il lui signalait qu'il avait atteint le village par un autre passage.

Clemente aurait passé d'autres nuits à l'affût si le renard n'avait changé ses habitudes. S'il ne s'éloignait pas du village, ses apparitions étaient imprévisibles.

Clemente s'était remis à chasser les palombes mais il empruntait les chemins où il pensait qu'il viendrait rôder. Le renard déboulait parfois sous ses pieds mais jamais là où il le prévoyait. L'un évitant les plombs de justesse comme s'il voulait montrer que lui seul déciderait de sa mort et l'autre se consolant pour avoir eu l'occasion de l'apercevoir, paraissaient partager un jeu cruel, liés par une espèce de connivence, dans l'attente d'un dénouement qu'ils savaient inéluctable.

Un matin, Clemente, un ballot de foin sur l'épaule, se dirigeait vers l'enclos où étaient parquées ses chèvres. Les nuages se faisaient menaçants et il se hâtait d'achever cette tâche au plus vite pour regagner la maison avant la pluie.

En l'entendant venir, dans un concert de bêlements, les chèvres avaient surgi de la cabane où elles étaient rassemblées. Aussitôt, il s'était mis à balancer le foin par-dessus la barrière, tout en pestant sans conviction contre les premières gouttes. Au fond, ce n'était pas plus mal ainsi : le mauvais temps lui permettrait de rattraper quelques heures de repos, après toutes celles passées à faire le guet. Ce matin, il avait eu du mal à se réveiller et il se sentait encore tout engourdi de fatigue, comme s'il avait passé la nuit à courir la forêt.

Il avait jeté la dernière brassée de foin quand Matteone, qui ramenait de l'herbe pour ses lapins, passa sur le sentier qui longeait l'enclos. Lui aussi pressé par la pluie de rentrer, arrivé à sa hauteur, ralentit à peine son allure pour lui crier :

- Tu as quand même fini par l'avoir ?

- Par avoir quoi ? lui demanda Clemente, surpris.

- Ben ! le renard ! lui répondit l'autre, sans s'arrêter, tout en désignant de la main le torrent, à l'endroit du gué.

« Ça doit être Cècè ou Marfisu, qui a eu plus de chance que moi », se dit Clemente.

Ainsi quelqu'un avait fini par en venir à bout et, sachant son entêtement à vouloir sa peau, on lui attribuait la cause de sa mort.

- Maria Teresa pourra dormir tranquille ! conclut-il, en s'en retournant, regrettant tout de même un peu de n'avoir plus à se mesurer avec un adversaire aussi rusé.

Il venait d'arriver sur la place de l'église quand il croisa Divicone qui rentrait chez lui et qui, avant de refermer la porte, lui cria :

- Avant midi, il faudra que tu viennes avec moi : une branche du châtaignier de Lisandru, cette nuit, est tombée en travers du sentier juste avant le gué. Ce ne sera pas de trop d'être deux pour la tirer.

- Je sais, dit Clemente, j'ai essayé.

Il avait atteint le seuil de sa maison quand, devenant tout pâle, il s'immobilisa.

Comment le savait-il ? Comment savait-il qu'il y avait cette branche en travers du sentier, tombée cette nuit, alors qu'il était seulement sorti ce matin et qu'il n'avait pas dépassé l'enclos de ses chèvres ? Il se revoyait, essayant tout d'abord de la déplacer, puis, n'y parvenant pas, l'enjambant pour se diriger vers le gué... Comme ces fragments de rêve dont la réminiscence fait resurgir de l'oubli le rêve tout entier, il revoyait aussi le rocher derrière lequel il se mettait à l'affût et le renard qui, sautant de pierre en pierre, traversait le torrent à sa rencontre. Et l'animal qui, avec une ruse diabolique, avait tant de fois déjoué ses embûches, sans crainte ni méfiance, avançait toujours vers lui, pour que tout soit accompli...

De toutes ses forces, Clemente avait frappé le mur de son poing pour que la douleur détourne sa mémoire du cours du rêve... Car c'était plus qu'un rêve ! Il ne fallait pas en connaître la fin ! Mais de son enfance, lui parvenaient les paroles de *zia* Capicalada : « Si tu as le malheur de posséder le Don, tu n'as pas le choix, disait-elle en baissant le ton, le *mazzeru* le sait... » Le souvenir était si fidèle que la voix de la vieille femme semblait venir de tout près de lui « et c'est lui qui te choisit, même après sa mort... ».

Ces paroles le ramenaient au soir où il venait d'abattre la perdrix, quand était apparu l'inconnu, celui dont, autrefois, on disait qu'il voyait au-delà du visible. C'est lui qui avait ramassé l'oiseau, le tenant un instant à bout de bras pour le contempler avant de le lui rendre. L'homme avait seulement rompu le silence pour parler comme d'un privilège des dispositions qu'il fallait posséder pour chasser la nuit, laissant entendre que pour lui-même les chasses nocturnes n'avaient pas de secret. Dans le compliment, c'est un autre sens que Clemente semblait découvrir : à présent, il imaginait quel rapprochement pouvait évoquer l'allusion à cette faculté commune et, à son insu, quelle terrible initiation avait alors commencé. Pétri d'effroi, il considérait avec quelle logique s'enchaînaient les choses les plus folles dès lors qu'était effleurée la pensée de l'inconcevable : à travers le gibier, c'est son visage que l'inconnu avait vu et c'est sa mort qu'il avait découverte ; mais à travers le chasseur, l'homme avait aussi reconnu celui qui devait être choisi. C'est pour ça qu'il ne fallait pas que Clemente meure et que, sans lâcher son épaule, il l'avait accompagné jusqu'à l'autre bout du pont, de l'autre côté de la nuit. Quelqu'un d'autre avait déjà pris sa place, car la mort ne retourne jamais bredouille. Et lui qui en serait désormais le messager, de son poing ensanglanté, frénétiquement, continuait de frapper le mur pour que ce qu'il ignorait encore de son rêve retourne au néant. Mais tout était écrit et il le savait.

Déjà, il levait son fusil et le renard avançait toujours. Il avait les yeux de Lauda...

Jean-Claude ROGLIANO

UNE VOIX DANS L'HIVER

Affalé au bout de la table, la tête entre ses bras repliés, Mezzaluna, le porteur borgne, cuvait son vin.

Comme tous les soirs, il serait le dernier à partir quand le patron de la buvette, juste avant la fermeture, viendrait le secouer par les épaules et l'aiderait à trouver la sortie.

À l'autre bout, tournant et retournant son verre vide dans sa main, César écoutait son voisin, de passage dans le quartier, lui raconter sa vie depuis qu'il avait quitté l'île. Malgré les évocations de souvenirs communs de cette enfance passée dans la rue, entre école buissonnière et batailles à coups de pierres, il ne le reconnaissait pas : la distance était trop grande entre le gosse dépenaillé qu'il devait être alors et le quidam aux souliers vernis et au costume croisé aux raies ostentatoires, qui lui parlait de voyages, de villes de l'autre côté de la mer où l'on a quelques chances de changer le cours de sa vie.

- Toi aussi, tu ferais mieux de partir, répétait-il à César. Ici, il n'y a aucun avenir pour des gens comme nous. Là-bas, au moins...

Et une fois de plus, il énumérait ces cités de tous les espoirs, regorgeant d'opportunités qu'il fallait apprendre à dénicher, leurs ports prolongés en jetées tentaculaires où accostaient des navires qui sillonnaient toutes les mers du monde. Il désignait du menton le poivrot affalé sur la table :

- Si tu restes, tu finiras par devenir comme lui.

Comme s'il l'avait entendu, l'homme s'ébroua, poussa un grognement caverneux.

Le tenancier de la buvette s'approchait de lui pour le réveiller quand César le devança :

- Laisse ! je vais l'accompagner.

Penché au-dessus de lui, il lui hurla dans l'oreille :

- O Mezzalù ! C'est l'heure.

Le bonhomme étira sa carcasse et redressa la tête. La lampe accentuait les rides d'un visage aplati d'où semblait se décoller une peau cireuse. Ses habits, trop amples et fripés comme sa peau, paraissaient revêtir un squelette. De son œil valide, il se mit à regarder autour de lui tandis qu'entre deux battements de paupières l'autre œil apparaissait blanc, figé, déjà tourné vers l'au-delà. Il lâcha une bordée d'injures à l'adresse de César et, docilement, se laissa entraîner en titubant.

César l'avait laissé devant sa porte, au rez-de-chaussée de l'immeuble le plus vétuste de la rue Droite qui, malgré son appellation, était la plus tortueuse de Bastia. Lui habitait quelques rues plus haut un logement à peine moins sordide.

Finir comme lui... Assis sur son lit dont le sommier défoncé gémissait au moindre mouvement, il resongeait à cette prédiction émise par son voisin de table. Mais, comme lui, n'avait-il pas déjà commencé ? Mezzaluna, dont on ne connaissait que le surnom, avait eu pour mère une des filles qui vendaient leurs charmes aux passants du Puntetu et pour père, tous les clients de cette impasse. A quarante ans d'écart, César était lui aussi né de père inconnu, sur la charrette qui emmenait sa mère à l'hôpital. Ils habitaient des taudis semblables et se retrouvaient souvent sur le port pour gagner quelques sous en transportant des marchandises ou les bagages des passagers.

Ils avaient aussi en commun un amour immodéré du chant. C'était une des raisons qui, le soir venu, les faisaient se retrouver avec Peverone, Alz'è galloppa et autres habitués des lieux dans les buvettes de la haute ville. La plupart étaient comme celle qu'ils venaient de quitter : une salle voûtée aux murs fuligineux. Sur une table unique flanquée de deux bancs sans dossier et qui s'étirait de l'entrée au mur d'en face, une lampe à pétrole éclairait seulement les visages, une fresque de trognes rubicondes, tout en chicots, en nez bourgeonnants et en balafres.

Après avoir dîné le plus souvent d'un morceau de pain et de fromage arrosés de force verres de rouge, ils se resserraient autour de la table, presque front à front. Une main en coquille contre l'oreille, ils entonnaient des *paghjelle*, ces polyphonies insulaires dont l'origine se perd dans la nuit des temps, et dont les trois voix se poursuivent, se confondent et s'envolent, magiques[1].

Souvent aussi, au cours de la soirée, César et quelques autres se mettaient à chanter des airs d'opéra. C'était une des curiosités de la ville que, même en de tels endroits, on pût les entendre, à toute heure du jour ou de la nuit. L'étranger qui s'égarait dans les sinuosités soûles de grisaille et d'odeurs de friture à l'oignon de ces ruelles avares de ciel, n'était pas peu surpris, entre deux vociférations de viragos s'interpellant d'une fenêtre à l'autre, d'entendre une voix splendide s'envoler d'un bistrot ou d'une mansarde pour y promener un air de la Tosca, ou de croiser quelque poissonnière ventripotente qui, sa corbeille de marée en équilibre sur la tête, entremêlait ses stridents appels aux chalands, de morceaux de Puccini ou de Verdi.[2]

La cause de ce prodige était l'Opéra où les familles de la bourgeoisie comme les plus pauvres de la ville se rendaient pour voir se produire les plus prestigieuses troupes d'Italie. Elles venaient passer l'épreuve du public de Bastia dont les exigences étaient redoutées. En cette cité, l'égalité était réalisée par le bel canto. Cela conférait dans ce domaine une autorité peu ordinaire à ses habitants et qui s'étendait jusque dans les quartiers les plus déshérités où l'on chantait Mazzeppa ou Nabucco avec la même aisance que l'on poussait la chansonnette.

---

1. Visa pour un miroir.
2. Visa pour un miroir.

À la représentation de chaque drame lyrique, César accourait. S'arrangeant pour transporter des malles d'accessoires ou des cartons de costumes, il se faisait oublier dans quelque recoin du théâtre. Et là, il attendait que le spectacle commence. Parfois, une ouvreuse lui permettait d'entrouvrir une porte dormant sur la scène, le temps de s'éblouir de quelques instants de féerie.

Dans le cours de sa vie qui, tout au long des journées, s'écoulait morne et famélique, il n'existait que par ces intervalles de bonheur passés dans les coulisses de l'Opéra à écouter les artistes et dans la cour des miracles des buvettes, à chanter au milieu des ivrognes les airs qu'il venait d'apprendre.

Ressembler à Mezzaluna...

Instinctivement, il se tourna vers le miroir accroché au mur. Le reflet qu'il lui renvoya était celui d'un jeune homme solide avec une tête massive dont la rondeur ne dissimulait pas l'expression volontaire du regard. Mais le tain du miroir s'écaillait, altérant par endroits son image, comme si la décrépitude l'entamait déjà de l'autre côté de la glace.

Il regrettait la rencontre avec ce passant venu de l'enfance pour lui faire entrevoir une alternative entre la résignation à une possible déchéance ou la poursuite d'il ne savait quelle improbable réussite.

Car, aussi neuf que fût le complet et brillantes les chaussures de ce compagnon dont l'oubli avait effacé le nom, il suffisait de le comparer aux messieurs élégants qui fréquentaient le café Andreani pour imaginer de quels eldorados étriqués il revenait. Il jeta un nouveau coup d'œil sur le miroir : pourtant, même de coupe médiocre, le costume de l'autre était tout de même plus présentable que sa veste aux coudes luisants d'usure. Peut-être y avait-il du vrai dans ce qu'il disait.

Il songeait aussi à la matinée harassante, sur les quais, à décharger, sous cette bruine de décembre, les fûts d'huile du Liamone : s'il ne trouvait pas mieux ailleurs, il y aurait toujours quelque port où il se ferait embaucher comme ici, pour transporter des sacs de grains ou de chaux. La fatigue, ailleurs, ne pèserait pas plus sur ses reins, le salaire ne pourrait être plus dérisoire, *è s'ella girava*... et si la roue tournait, ce ne serait que vers des lendemains moins durs.

Il avait embarqué sur le premier bateau en partance. Peu lui importait la destination.

Sans rien emporter, sans jeter un regard en arrière, il était descendu dans la cale : entre lui et ce qu'il quittait, mieux valait mettre le moins de regrets possible. Mais il avait vu trop de navires quitter le port pour ne pas deviner à quel moment celui-là longeait telle place, telle jetée, telle façade. Le clocher de Saint-Jean-Baptiste sonnait huit heures. Depuis longtemps, sous le pont du Fangu, les lavandières devaient être penchées au-dessus du ruisseau, chantant pour moins ressentir la morsure des eaux glaciales. Au fond d'un portail de la rue Colonnella d'où, la veille, était parti un cortège funèbre, des cardeuses avaient dû commencer à battre la laine du matelas libéré par le défunt. Bientôt, dans « la Traverse », retentiraient la voix rouillée du vendeur de journaux au pied bot, celles des laitières, de la marchande de tartes et du réparateur de parapluies. C'était l'heure de la tournée des mendiants qui transportaient leurs jérémiades de boutique en échoppe. Celle aussi de ce juge d'instruction qu'on surnommait « La Mort Ambulante », à cause de ses yeux enfoncés au fond des orbites, de ses lèvres inexistantes et de son teint olivâtre. Il se rendait au palais en passant par le marché, le long des étals, subtilisant au passage une pomme, une poignée de figues sèches ou de noix sous le nez des revendeurs qui n'osaient protester, moins intimidés par le poste qu'il occupait que par sa mine d'inquisiteur ou de revenant. À la hauteur de l'église Saint-Charles, le magistrat croiserait la folle qui, quotidiennement, errait par la ville, hurlant ses malheurs réels ou imaginaires. Plus tard, sur le boulevard de Cardo, paraîtrait Madame de Chaligne qui, aux feintes révérences de bandes de gamins pieds nus qui suivaient sa calèche, répondrait par le geste élégant d'une main gantée lançant une poignée de pièces.

Et tous ces reflets, ces échos de cet univers familier, par furtives volées, s'emparaient de ses pensées, avec d'autant plus d'opiniâtreté que le navire l'en éloignait.

La cale était remplie de passagers trop désargentés pour avoir accès aux niveaux supérieurs. Pour atténuer les effets du roulis, tous, comme César, étaient allongés côte à côte, le long d'une cloison de tôle. À contempler leurs visages, il devinait que la plupart d'entre eux faisaient partie de la dernière fournée de l'exil, habités comme lui des mêmes visions d'un monde qu'ils étaient en train de perdre.

Il s'était réveillé à Toulon, quand le bateau avait accosté.

La nuit venait de tomber. Quelques flocons voltigeaient par moments autour de lui. Engourdi de froid, la tête encore remplie de grondements de machines, de grincements de chaînes et de mugissements de sirènes, il avait emprunté la première rue qui se présentait. De rares réverbères jetaient de frêles lueurs sur les dalles humides des trottoirs, sur la palissade qui longeait un terrain vague, sur les arbres nus. Il marchait, droit devant lui, sans savoir où il allait. Aiguillonnés par la froidure, des marins, des dockers venus eux aussi des quais le dépassaient, vite absorbés par l'obscurité.

Puis la rue déboucha sur une avenue parcourue par un flot incessant d'automobiles et de fiacres, avec des devantures comme il n'en avait jamais vu. Et surtout, en face de lui, il y avait cette énorme bâtisse illuminée devant laquelle s'arrêtaient des automobiles, pour laisser descendre des messieurs en frac avec, à leur bras, des femmes emmitouflées dans des fourrures.

En apercevant les files de gens qui aboutissaient devant des guichets, il n'eut pas de mal à reconnaître l'Opéra.

Les affiches annonçaient la dernière représentation du Trouvère. Il s'approcha de l'une d'elles pour lire le nom des interprètes. La renommée de la troupe était parvenue jusqu'à Bastia où l'on savait tout d'elle, des performances vocales du ténor aux caprices du soprano dont la variété croissait à mesure que s'étendait sa popularité. Depuis longtemps, César attendait que cette troupe vienne se produire et, souvent, il demandait aux ouvreuses si elles avaient entendu parler en régie de cette possibilité. Et ce soir, ses chanteurs, ses danseurs étaient là, quelque part dans leur loge, ajustant un pourpoint, endossant une cape, laçant un corsage, rectifiant un maquillage, prêts à entrer dans leur rôle !

Tout juste débarqué dans cette ville inconnue, à jeun depuis la veille, ignorant dans quel coin à l'abri du froid il passerait la nuit, il n'avait d'yeux que pour cette façade baignée de lumière. Mais pour lui, ce théâtre n'avait pas de porte de service par laquelle il pouvait se faufiler. De l'autre côté de l'avenue, il y avait la rue ténébreuse par où il était venu et qu'il allait retrouver.

La soirée ne tarderait pas à commencer. Devant les guichets, une douzaine de retardataires attendaient encore. Un écriteau collé à la vitre indiquait le tarif des entrées.

Dans sa poche, il lui restait le salaire des deux dernières journées de travail sur les quais précédant son départ. Cet argent devait lui permettre de trouver une chambre pour la nuit et, le lendemain, de manger un repas chaud. La somme représentait aussi le prix de la place la plus éloignée de la scène, tout en haut de la salle.

César hésitait. Ce n'était pourtant pas à l'idée de se priver d'un repas et d'un lit : ce n'était pas la première fois qu'il travaillerait le ventre creux et il avait dormi durant presque toute la traversée. Pour manger, il attendrait l'heure de sa paye. Le Trouvère, lui, le lendemain, serait joué ailleurs. Et puis, dans ce théâtre, ces heures d'émerveillement seraient aussi des heures gagnées sur la nuit et le froid !

Ce qui l'arrêtait encore, c'étaient sa veste élimée et sa barbe qu'il n'avait pu raser depuis la veille : si on le laisser entrer, il se demandait s'il oserait gravir les marches au milieu des hauts-de-forme, des pelisses, des bijoux et des cannes à pommeaux d'ivoire. En s'approchant des groupes qui entraient, très vite, il s'aperçut que, non seulement on ne le regardait pas, mais que les regards glissaient sur lui, le traversaient, comme s'il n'existait pas. Parce que, pour ce monde-là, il n'était rien, personne ne le remarquerait. Alors, comme si le froid en était la cause, relevant le col de sa veste pour dissimuler ses joues hachurées de barbe, il se rapprocha du guichet.

Un instant suspendue dans l'espace, la baguette du chef avait figé les cuivres. Le soupir des violons passa comme une brise, traversé par un vol de hautbois. Campé sur le devant de la scène, le ténor entonnait le grand air. Abandonnés par la lumière, dans un lent tourbillon, les danseurs s'éloignaient pour s'éteindre dans l'ombre des décors. De plus en plus aérienne, la voix survolait la houle des violoncelles, rebondissait sur l'éclat des percussions pour s'élever encore. Et soudain, tandis que dans les yeux du chanteur se lisait la panique de ne pouvoir la pousser plus haut, au bout d'une interminable seconde d'effort, sa voix s'étrangla.

Désemparé, les bras encore ouverts dans un geste d'offrande, le ténor essayait vainement de retrouver le ton tandis que se déchaînaient les sifflets.

C'est alors que, du dernier gradin du poulailler, traversant les huées, une autre voix s'éleva : comme il aurait assisté une tierce défaillante dans une des buvettes où il retrouvait ses amis ou, lorsque du fond de l'église de son quartier il mêlait sa voix à celle du chœur, César avait repris le chant, debout, ignorant les regards de tous ces visages qui s'étaient retournés. Il avait retrouvé sa ruelle pouilleuse, et comme la nuit dernière encore, à sa voix, se mêlaient celles de Mezzaluna, Peverone, Alz'ègalloppa, et celle de tous les déshérités, les disgraciés de sa ville, les épaves, les estropiés de la chance qui, au fond de leurs buvettes, en chantant pêle-mêle chansons à boire, polyphonies immémoriales et airs d'opéra, savaient si bien transcender leur misère. Où que ses pas le porteraient, il ne serait jamais que des leurs.

Dans le silence étonné qui avait suivi, ouvreuses et régisseur s'étaient précipités sur le perturbateur pour l'entraîner sans ménagement vers la sortie.

Il s'était retrouvé dans l'avenue, un peu hébété par la bousculade qui l'avait désarçonné de son rêve. Il avait regagné la rue sombre et commençait à peine à ressentir l'étreinte de la solitude et du froid quand une poigne se referma sur son bras : un homme en redingote le forçait à se retourner et l'entraînait vers l'avenue.

César n'essayait même pas de se dégager : on avait dû prévenir la police et une nuit passée sur la paillasse d'un cachot valait sûrement mieux que celle passée à grelotter sous un porche.

Ils avaient traversé l'avenue. L'homme le guidait vers le théâtre, lui faisait franchir le portail par où l'on venait de le jeter dehors.

Une rumeur de voix lui parvenait du hall. Quand ils l'eurent atteint, il s'y répandit un silence, le même que dans la salle, quand il s'était arrêté de chanter. Une foule de femmes en robes longues empanachées d'astrakan ou d'hermine et d'hommes en col cassé et queue de pie le regardait passer, figée dans une immobilité absolue.

- D'où peut-il venir ?... C'est inouï !... entendait-il chuchoter sur son passage.

Et c'est ainsi qu'entre cette double haie de spectateurs en habits élégants dont il prenait encore pour de l'hostilité dédaigneuse les murmures admiratifs, le traîne-savates des quartiers pauvres de Bastia traversait le hall dans l'autre sens, sans se douter que c'était pour devenir un des plus grands ténors de son temps.

Jean-Claude ROGLIANO

Bibliographie

Livres :

Mal'Concilio, édité chez Belfond, La maison de la Culture de la Corse et France Empire. Etudié en lycée et collège, objet de mémoires universitaires, Mal'Concilio a inspiré à Jean-Paul Poletti la chanson qui porte le même titre et sur laquelle danse Marie-Claude Pietragalla.

Contes et légendes de Corse (co-auteure Agnès Rogliano)

France Empire

Visa pour un miroir, Le Rocher

Justice en Corse, Stock

Les mille et une vies de Théodore, Roi de Corse

Lattès (Sélectionné pour le Prix Méditerranée)

Films :

Légendaires (Série), 4 épisodes de 26 mn. produits par Pierre Dumayet pour Antenne 2

Corse, j'ai été militant clandestin, un 52 mn produit par Daniel Perissini pour France 2 (Documents du dimanche)

Sur 300 films sélectionnés au Festival de Groix, a obtenu L'Île d'Argent.

Théâtre :

Visa pour un miroir, pièce tirée du roman, programmée dans le cadre des Journées internationales de Robin Renucci.

Aux Éditions Clémentine en poche

Mal Concilio

Contes et légendes

Notes

Cet ouvrage a été imprimé en U.E.
pour le compte des Éditions Clémentine

Dépôt légal B.N.F. : Mai 2019
ISBN : 978-2-37012-128-8

Suivi éditorial et relecture : F. Balestriere
Photographie couverture : Shutterstock
Mise en page : Monica Gennaro
Couverture : Nicolas Gamito-Fizzid SL

Éditions Clémentine Route de Muratello,
20137 Porto-Vecchio
Tél. : +33 (0) 495 255 867 Fax : +33 (0) 495 705 599
www.editionsclementine.com
info@editionsclementine.com